인생 참
재밌는데
또 살고 싶진
않음

인생 참
재밌는데
또 살고 싶진
않음

고연주 지음

매일매일 소설 쓰고 앉아 있는 인생이라니

당

차례 ✏️

나는 오늘도 나를 들여다본다. 우리는 자기에 대해서는 유형화가 불가능하고 타인에 대해서만 가능하다. 너는 어떤 사람인가 쉽게 말할 수 있지만 내가 30년을 넘게 데리고 산 '나'에 대해서는 도무지 답이 나오지 않는다.

사는 건 재밌다. 원래 인생은 재밌게 살자고 마음먹은 놈이 재밌게 사는 거다. 걔 인생이 특별해서가 아니라 재밌게 살자고 마음먹고 사는 인생이라 그런 거다.

오랜만에 정신과에 다녀왔다. 정말 오랜만이다. 잠을 자지 못한 지 또 며칠이 지났다. '결혼해듀오' 같은 데를 가는 기분이다. 몇만 원의 비용을 내고 내 신상을 쭉 적는다. 항목이 많기도 하지. 이제 만남을 소개받는다. 어색한 표정으로 마주앉아서 살며시 미소를 띄우고는 금세 신상을 조사한다. 자, 이제 어디 시작해볼까요? 질문은 대개 비슷하다. 무슨 일을 하세요? 가족은요? 친구 관계는 어떻게 되시죠?

처음 두어 번 데이트를 했을 때는 펑펑 울기도 했던 것 같다. 참 힘들었겠어요, 하고 홍상수 영화에 나올 법한 남자 교수처럼 말을 해오면 처음에는, 내가 처음으로 소개받은 데이트이니 상대방도 그럴 줄 알고, 어머나, 어쩜, 제 마음을 어떻게 그렇게 잘 아세요, 우린 인연인가봐요. 눈물도 뚝뚝 떨어졌지만 이젠 상대방도 몇 번의 지난한 데이트를 돌고 돌아 나를 만났다는 걸 아니까. 자, 우리 필요한 정보만 교환하도록 하죠. 이젠 울거나 하지 않는다. 전 이제 아무래도 프로 우울러니까요.

오늘은, 질문에 따른 몇 가지 정보만 제공했는데도 벌써 "정말 파란만장했네요"라고 해서 "그럼요. 제가 어디 가서 불행에 대해 말하면 지지 않을 자신이 있어요"라고 했다.

제가 인생 얘기를 어디 한번 해볼까요? 어이구, 그러면 정말 책 한 권을 써도 모자라요.

슈퍼 생활인

소설을 쓰려면 일을 그만둬야 한다고 누가 그러던데.
절실해지니까 그렇단다.

생활이 절실해서 글을 쓰기에 나는 생활력이 너무 강하다.
열여섯에 2,500원 들고 출가한 게 20년이 다 되어간다. 첫
아르바이트는 주유소에서였다. 나의 인생을 바꾸는 일들은
대개 별것 아닌 일이었듯 시작은 사소했다.
일하는 첫날이었다. 손님이 돈을 주면서 나한테 반말을 하는
거다. 난 지나가는 초등학생한테도 반말 안 하는데! 그러니
까 나는 아직 열여섯이었고 어디에서 일을 해보는 건 법적으
로도 처음일 수밖에 없었고 나는 약간 흥분했다. 카운터에
돈을 가져다주면서 중얼거렸다. 지가 뭔데 반말이야.

내 말을 들은 소장님이 웃으며 말씀하셨다.
"나한테도 반말한다. 내 나이가 오십이야."

네 시작은 미약하나 끝은 창대하리라. 나는 그렇게 아르바
이트의 귀재가 되었던 것이다. 허허, 웃음 너머로 구도자의
진리가 후광처럼 비추었고 나는 직업의 숭고함을 느꼈다. 아
니, 뭐, 돈을 바닥에 뿌린 것도 아니고 고작 반말이라는데.

이게 먹고산다는 일이니라.
깨달음이 계시처럼 내려왔고 그뒤로 나는 닥치고 잘 웃었고
누군가가 나에게 무례하게 대할라치면 나이가 오십이라던
소장님을 떠올렸다. 저를 시험에 들지 않게 하옵시고, 아멘.

또 어떻게 생각해보면 그건 하나의 방아쇠였을 뿐 나는 아
르바이트의 귀재가 될 재능을 타고났을지도 모르겠다. 이
런 건 안 타고나야 대접받고 살 텐데.

태어나보니 내가 있는 곳은 포장마차였다. 엄마가 돌아가
실 때까지, 자고 일어나면 손님이 있었고 엄마는 항상 장사
를 하고 있었다. 여자 혼자 포장마차를 하는 일이란 많은

사람들이 쉽게 무례할 수 있는 일이지 않나 하고 생각해보면 사람들이 무례하지 않았던 것은 아무래도 엄마의 능력이었다. 물론 사람들은 자주 가벼웠다. 가끔 아저씨들은 내가 엄마와만 산다는 걸 알고서는 '너네 아빠 어디 있는지 알려주겠다'든지 '내가 오늘 너네 아빠 봤다'는 따위의 농담을 던졌다. (아니, 잠깐. 이게 무례잖아?!)

나는 크게 굴하지는 않았다. '남의 아빠 어디 있는지를 왜 아저씨가 알려줘요'라든가 '우리 아빠 알지도 못하면서 왜 아는 척해요'라든가. 한편으로 나는 심심했고 아저씨들이 그렇게 장난을 치는 게 별스럽지 않았을 수도 있었겠다. 한편으로 나는 다부지지 못했고 상처를 받았던 적도 있었겠다. 그렇지만 믿건대, 끝내는 내가 이겼을 거다. 엄마도 그랬을 거다. 상처를 받은 적도 있을 것이다. 그렇지만 믿건대, 끝내는 엄마가 이겼을 거다.

마음을 다치면 지는 거야.

내수 전문 해외파 슈퍼 생활인

김승옥은 대학 등록금이 없어 신춘문예에 당선되지 못하면 군대에 가겠다는 각오로 무려 「생명연습」을 썼다는데, 아무래도 나는 아르바이트의 귀재로 태어나서 큰일이다. (게다가 깨알 같은 장학금 제도도 너무 잘 활용하다니!)

열여덟에는 영국에 갔다.

수중에는 환전된 60만 원과 편도 비행기표. 이력서를 백 군데가 넘게 썼다. 면접을 본 건 그 삼분의 일이나 될까 싶고 당연하게 다 떨어졌다. 1~2분 이야기하면 대개 못 알아들으니 면접이랄 것도 없었다. 그냥 처음 보는 가게에 가서 인사 정도 했달까. 안녕하세요. 아이고, 안녕하시죠. 날씨가 참 흐리네요. 그러게요. 안녕히 가세요.

윔블던의 햄버거 가게에서 면접을 볼 때였다. 한 달 방세로 40만 원을 냈고 나는 갈 곳도 없어진 형편이었다.

"난 뭐든지 다 할 수 있어요! 영어만 못하는 거예요."

슈퍼바이저가 내 손을 잡고 친절하게 말해줬다.

"네가 뭐든지 잘할 필요는 없어. 그러나 영어는 잘해야 돼."

지금 이 이야기를 하면 글을 읽는 사람들이 나를 바보 똥 멍청이라고 생각할 수도 있는데, 나는 내가 영국에서 일자리를 못 구할 거라든가 말이 안 통해서 힘들 거라고는 생각도 못 해봤다. 나는 슈퍼 생활인이니까 수출될 만한 가치가 있다고 한 치의 의심도 안 했다. 우리나라가 또 수출 하나는 기가 막히게 하잖나. 영어를 못하는 줄을 알고는 있었으니 말이 필요 없는 일을 하면 될 거라고 생각했고 한국에서 아르바이트를 구하러 가서 면접에 떨어져본 일이 없으니 당연히 먹힐 거라고 생각했는데, 내가 면접에서 떨어지지 않은 이유가 말을 잘하기 때문인 줄은 또 몰랐던 것이다. 그냥 얼굴 좀 다르게 생기고 말 좀 다르고 비 좀 많이 오는 데로 이사한다는 정도의 각오를 했었다. 그러니 그렇게 힘들 줄 알았으면 아마 안 가지는 않았을 거고 좀더 준비를 해서 갔겠지만, 그렇다고 해도 남들처럼 제대로 준비하지는 못했을 거다. 어차피 나는 게으르고 슈퍼 실전형 인간이라는 건 그때도 알고 있었으니까.

한 달이 지나고서는 이런저런 집을 전전하며 하루이틀씩 잠을 자다가 끝내 공원에서 자거나 심야버스를 타고 돌아다녔다. 영국이라니, 런던이라니. 얼마나 낭만적이냐. 나는 런던의 상징인 이층 버스의 2층에 앉아 성폭행을 염려했고, 이런저런 공원에서 역시 비슷한 걸 염려했다. 큰 짐은 친구네 맡겨두고 백팩 하나를 가슴에 안고, 얼마나 처량하냐 싶지만 사실 나는 그 시절 내 인생에서 최고로 살이 찌고 있었다. 어쩌다 연이 닿고 닿아 고등학교 선배라든지 나를 측은히 여기는 사람들을 만났다. 돈도 없고 부모도 없으면서 심지어 영어도 못하는 여자애 하나가 일자리를 찾아 돌아다닌다더라, 그런 느낌의 소문이었다. 나는 몇을 만났고 그들은 나에게 저녁을 사주었는데 그때마다 나는 '이게 마지막 식사일 수도 있어. 내일부터는 굶게 될 거야' 생각하며 꾸역꾸역 먹었다. 다만 나는 세상에 좋은 사람들이 그렇게 많을 줄은 몰랐던 것이다.

자꾸 저녁을 사줘, 가을 하늘은 높고 나는 살찌고 결국 우여곡절 끝에 레스토랑에 들어갔다. 좌충우돌, 말귀는 못 알아듣고 뭘 열심히는 하는데 자꾸 딴 데서 열심히 하고. 심지어 얼마 안 돼 내가 돼지도 아닌데, 고기 써는 기계에 손가락을 넣어서 손끝을 여덟 바늘인가 꿰맸으니 작은 일은 아니었다. 몇 년 전 함께 일했던 아주머니를 만나게 되었다. 내가 다친 것을 발견한 아주머니에게 나는 이렇게 말했다고 한다.

"나는 괜찮아요. 보스한테는 말하지 마요."

2주일 동안 쉬면서 공짜로 주급 받는 줄 알았으면 그런 말은 안 했을 텐데.

이렇게 저렇게 한 반년 접시를 닦고 한 반년 접시를 나르고 손가락도 바쳐가며 배운 영어로 이제는 옆집 살던 밀로와 도교에 대해 떠들 수 있을 정도로는 영어를 하는데 (네덜란드인이 글쎄 나한테 "두 유 노우 '도'?" 하더라니까) 원어민들이 가끔 물어볼 때가 있다. 넌 어디에서 영어를 배웠니?

"온 더 로드."

길 위에서 나는 그 시절, 이런 일기를 썼다.

많은 삶들과 인연을 이어가다보면, 반드시 살아야 하는 사람이 있다. 그의 사회적 명성이나 사람들이 그를 필요로 함과 관계없이 반드시 살아야 하는 사람이 있다. 어떤 고난과 건배를 하건, 무슨 아픔과 악수를 하건, 어떻게든 살아지는 것이다. 반드시 살아야 하는 사람이 있다. 그리고 그것에 내가 있다고 믿는다.

나는 그 시절의 나에게 가서 놀려주고 싶다. 네가 몇 년 뒤에 이 일기를 다시 보면 부끄러워서 견딜 수가 없을 거야. 그러니까 우리 이렇게 감정적으로 가지 말자고. 응? 우리, 농담을 하자.
그러나 그 시절의 내가 그 말을 들었더래도 저런 일기를 썼을 것이다. 그런 문장들이 절실했던 시간이었다.

일을 시작할 때면 '내가 그만둘 때 반드시 나를 잡도록 만들어야지!' 하고 오기를 내는데, 나는 내가 그렇게 '만들기'를 잘하는 줄 몰랐다. 이사를 해야 해서 일을 그만둔다고 하자 당신 집에 방이 비니까 들어와 살라던 사장님이라든지, 몇 달만 쉬겠다고 하자 반드시 돌아오라며 임시 아르바이트생을 구하신 사장님도 있다. 지금은 학원에서 고등학생들을 가르치는데 여기에도 한 두세 번 돌아왔다. 일을 하고 돈을 모으고 비행기를 타고 가산을 탕진하고 일을 하고 돈을 모으고 가산을 탕진하고. 세계적으로 가산을 탕진하고 있다.

그렇게 햇수로 9년 차다. 그래도 오면 또 받아주시는 걸 보면 제법 잘 '만들어놓고' 다녀온 것 같다. 지면을 빌려 원장님께 심심한 감사의 말씀을 전합니다. (전 슈퍼 생활인이니까 이런 것도 잘해야죠.)

열여섯 이후로 몇 달 이상 일을 쉬어본 적이 없는 것 같다. 딱히 작정하고 세어본 것은 아니지만. 해외여행을 할 때에도 가끔 일을 했다. 잠깐 놀러갔다가 나라가 마음에 들어 아예 가이드 일자리를 구해서 일을 한 적도 있고 한국에서 의뢰받은 원고를 쓰기도 했고 온라인으로 첨삭 지도를 하기도 했다.

동기들을 보면 정말 최소한의 생활비로 누구도 만나지 않고 방에 틀어박혀 글을 쓰기도 하는가본데, 나는 못하겠다. 나는 소비의 노예. 덜 벌고 덜 쓰기보다는 더 벌어서 더 쓰는 쪽을 택해왔는데, 문제는 그냥 번다는 데에 있다. 더 쓰려면 더 벌어야 하는데 그냥 벌어서 더 쓴다. 그것도 아주

국제적으로 소비하고 있다.

나를 수출해서 외화를 소비하다니.

작가의 이름

내 이름은 35,000원짜리다. 작명소에서 지었다고 한다. 어렸을 때 가끔 어른들이 나를 부르면 '남의 비싼 이름을 왜 자꾸 불러요', 대답 대신 투정을 부렸고 종종 버르장머리가 없었다. 1980년대 초반 진로 소주 한 병값이 200원이었다고 하니 무려 소주 175병의 이름인 셈이다.

이름은 고연주. 연꽃 연에 구슬 주를 쓴다.
작명소에서 지은 이름치고는 별다른 매력이 없다. 어쩌면 작명소에서 지어서 별다른 매력이 없는 건지도 모르겠다. 그냥 딸이라는 말을 듣고는 '여자아이에게 어울리는 한자 목록'에서 대충 골라서 시대의 흐름을 거스르지 않고 그렇다고 너무 유행을 타지도 않게 적당한 선에서 프로페셔널하게 마무리했다는 느낌. 그런데 어쩌다가 이름점 같은 걸 보게 되면 개명을 해야 할 정도로 내 사주와 안 맞는 이름이라고 한다.

이거 프로한테 받은 이름인데요!

몇 번 심심풀이로 점을 본 적이 있다. 항상 초년운은 박복하다고 나온다. 나의 초년운이 박복한 것을 의심해본 적은 없으나 어떻게 항상 그렇게들 말하지, 하고 생각해보면 나말고도 다들 초년운이 박복하다고 나오는 건 아닐까. 어차피 박복이야 자기 기준에 맞추는 것이잖나. 사는 게 힘들어서 점을 봤더니 '넌 어렸을 때 참 힘들었구나' 하고 어깨를 토닥토닥해주면 눈물을 주르르 흘리며 '그래요, 전 참 힘들었어요. 사람들이 그걸 몰라줘요' 하면서 난생처음 본 점쟁이가 내 영혼이라도 알아봐준 것처럼 '저의 미래는 어떻게 될까요?' 한 30,000~40,000원쯤 그냥 꺼내게 되고 뭐 그런 게 아닐까 하고.

어쨌든 내가 박복한 것은 이름 때문이라는 운세를 몇 번 받아봤다. 물론 나는 이름을 바꾸지 않았고 그래서거나 아니거나 나의 초년은 박복했고 그리하여 난 지금까지 이 이름으로 책을 두 권 냈는데 어쩌면 그게 다 초년운이 박복해서 글을 쓰게 된 것은 아닌가 하고 생각해보면,

이름 한번 잘 지었네. 역시 프로야!

얼마 전 알고 지냈던 사람이 등단을 했다. 그는 필명을 썼다. 근간에 등단한 지인들 둘이나 필명을 썼다. 나는 다른 이름을 가지는 것을 생각해본 적은 있지만 딱히 지어본 적은 없다. 이름의 무게를 생각하고는, 내가 나를 얼마나 치장하면서 글을 쓰는지 생각한다. 아무래도 소설이나 시를 쓴다면 가벼워지려나. 어쩔 수 없이 이런 잡글을 쓰고 있으면 다른 어떤 장르보다 철저한 자기 검열을 통해서 나를 괜찮은 사람으로 보이게 하고 싶은 거지.

손바닥으로 발바닥으로 닦고 닦아 반성할 때가 있다. 그래서 내 이름이 아닌 이름을 생각하면 약간 안심이 되는 느낌이 들기도 하지만, 또다시 결국 그 이름은 그 이름의 무게를 갖게 될 것을 생각하면 이건 뭐 어떻게 해봤자야. 이름만의 문제가 아니지.

로맹 가리에 머리를 조아리게 되는 날이지만, 어쨌거나 그건 로맹 가리로도 에밀 아자르로도 계속 쓸 게 있었으니까 가능한 것이고 나같이 가난한 사람은 하나의 이름만으로도 허덕이고 있다.

화장실에서 하는 고민

나는 정확하게 열한 살 때부터 글을 쓰는 사람이 되겠다고 선언하고 다녔고 물론 그때나 지금이나 어떤 글을 쓰겠다는 건지 제대로 알지도 못하고 자꾸 선언만 주야장천 한다. 선언은 그래도 효력이 있었는지 나는 스물셋에 책도 내고 '글을 좋아하던 아이. 이제 글을 쓰는 여자가 되었구나'라는 연락을, 동창으로 추정되는 한 사람에게 받았다. 쪽지를 오랜만에 가만히 들여다보며 나는 글을 쓰는 것을 좋아하는지 내 이름을 좋아하는지 가끔 진지하게 고민한다.

내 이름을 많은 사람이 아는 게 좋은데 그게 글 때문이면 좋겠는 건지, 글을 쓰는 게 좋은데 가급적이면 내 이름을 많이 알아주면 좋겠는 건지, 다들 말은 안 해도 화장실에서 똥 싸면서 고민도 해보고 그러지 않을까.

나는 도무지 못 고르겠다. 어릴 적 친구와 로또에 당첨되면 뭘 할 건지 같은 하등 쓸잘머리 없지만 할 때는 또 그렇게 달콤한 이야기를 했다. 디자인을 하고 싶어하는 친구였다. 그녀는 평생 써도 남을 돈이 생기면 디자인 같은 건 안 해도 괜찮다고 했고 나는 그럴 돈이 있으면 다른 일 안 하고 글만 쓰고 싶다고 했다. 꼭 둘 중 하나만 선택하라고 하면 또 몇 날 며칠을 고민하다가 결국엔, 어차피 로또 같은 건 되지 않을 거야, 하고 마무리하고 말 테지만 여전히 나는 누가 내 이름 정도는 알아줬으면 좋겠다.

그게 얼굴이 예쁘거나 노래를 잘 부르거나 태어났더니 재벌이어서라기보다는 아무래도 '글을 써서'라 알아줬으면 하는 욕심도 있는데 그렇다면 누구도 결코 읽어주지 않을 건데 골방에서 혼자라도 글을 계속 써도 즐겁겠느냐고 내 자신에게 물어보면,

사람이 왜 그렇게 극단적이야!

사파의 수장

나는 친구가 많은데 내 친구들은 친구가 없다. 벌써 친구들의 반발이 들린다. 이건 몇 명의 친구를 갖고 있는지의 문제가 아니다. 취향의 문제. 즈이 내 글을 읽고 말했다.

"누나 글은, 정파와 사파로 말하자면 당연히 사파지."

무협지에 나오는 용어라고 했다. 글만 그런 것은 아닌지 나는 종종 살면서도 이런 말을 듣는다.

"아무래도 넌 사파지."

나는 나를 이제 한 30년은 넘게 데리고 살았으니까 내가 무난하지 않은 성격에 평범하지 않은 취향을 가진 것을 알고 있으면서도 의뭉스럽게 대답했다.

"난 메이저를 지향합니다." (이건 뭐랄까, 카이스트에 다니는 학생이 "저 그냥 지방 공대 다녀요"라고 하는 느낌으로 읽어줘야 합니다.)

사실은 무리에서 떨어진 사람들을 끌어모으기를 좋아한다. 그들이어야 나를 이해할 수 있으리라는 믿음이 있다.

ㅅ과 술을 마셨다. 몇 달 전에는 ㅅ에게 바람을 맞았었다. 그날 ㅅ이 보낸 마지막 문자는 '내가 거기로 갈게'였다. 신촌대로에서 한 시간 넘게 책을 읽었다. ㅅ은 나오지 않았고 ㅅ의 우울이 대신 나왔다. 아니, 안 나왔다. ㅅ의 우울이 대신 나왔다면 ㅅ에게 우울이 남아 있지 않다는 건데 그렇다면 ㅅ이 나왔을 테니까. 어쨌거나 오늘은 ㅅ의 우울이 걸음은 걸을 수 있을 정도인지 모처럼 ㅅ을 데리고 나왔다.

"어이구, 이게 얼마 만이야."

나는 좀 '사회사회하게' 말을 걸었다가 핀잔만 들었다.

"인사가 그게 뭐니. 너 왜 재미가 없어졌냐."

우리는 생산성이라고는 없는 이야기를 꾸역꾸역했다. 우울과, 한 가지에 침잠하는 버릇과, 도무지 다른 사람들처럼은 살아갈 수 없을 것 같은 두려움과, 그런 두려움을 지닌 오만함에 대해 길게 이야기했다. 나는 ㅅ의 우울을 생각하면 위로가 된다.

"난 네가 우울한 걸 생각하면 내 우울이 위로가 돼. 난 당당하거든. 적어도 환부 없는 동통은 아닌 것 같달까. 생각해봐. 난 정말 우울할 수 있는 많은 조건을 갖췄잖아. 난 탯줄을 자를 때부터 우울해도 된다는 특혜를 받고 나온 거잖아. 태어나보니 떡하니 사생아야. 이건 일단 반은 먹고 들어가는 거라고. 지금 이 술집에서 누가 더 불행한가 콘테스트라도 하면 저기 나이든 아저씨들 다 합쳐도 내가 한 2등은 하지 않을까. 많이 봐줘서 2등. 누가 베트남전 같은 데 참전했을지도 모르니까."

스은 '넌 그렇게 가질 거 다 가졌으면서 왜 우울하니' 같은 말을 하도 들어서 그날도 우울해했다. 스은 자신의 우울이 욕심으로부터 나온다고 말했고 나는 나의 우울이 결핍으로부터 온다고 말했는데 그 둘은 하나도 다르지가 않았다.

"나는."

스은 말을 하다가 끊었고 말을 하다가 끊겼다. 나는 되묻지 않았다. 가만히 있다가 혼자 웃거나 나를 쳐다보는 스에게 왜 그러냐고 묻지 않았다. 묻지 않은 내가 뿌듯했다. 우리는 종종 별다른 말을 하지 않고 한 시간을 넘게 차 안에 앉아 있기도 했다.

"너는 말이 너무 많아. 책을 읽으면 그렇게 말이 많아지는 거야?"

때로 ㅅ은 그렇게 말했지만 사실 대부분 ㅅ이 나보다 많은 말을 했다. 함께 있는 게 ㅅ이 아니었다면 나는 당연히 ㅅ보다 많은 말을 했을 것이다. 누구를 만나든 말을 많이 하는데 그게 나를 갉아먹는다는 건 집에 와서야 느낀다. 침묵과 침묵 사이를 부단히 메우며 단어를 굴려나간다. ㅅ처럼 '저게 어디 가서 사회생활이나 하겠나' 싶은 사람을 만나면 그나마 숨통이 트인다. 화제와 화제 사이에 머리를 굴리지 않아도 되는 정도의 이상한 사람들. 말을 하다가 부사어에서 끊겨도 그 뒤가 무엇이냐고 채근하지 않을 사람들. 이건 비단 친분의 문제는 아니다. 나는 ㅅ과 그리 친하지 않으니까. 그냥 그런 사람들이 있는 것이다.

짐 자무시의 영화 같은 대화를 하고 우리는 공원에 가기도 했다. ㅅ이 기타를 쳤다. 아이들이 많아서 기타 소리가 잘 들리지 않았다. 나는 아이들의 순수와 아름다움에 대한 환상이 세상에 너무 난무한다고 생각하고 있었다. 아이들은 고정관념보다 영악하다. 아니, 더 특별히 영악하거나 영악하지 않은 것도 없을 것이다. 그냥 어른이나 아이나 같다. 지식의 차이일 뿐이지. 길가의 노숙자에게 빵을 쥐여주는 건 그냥 그런 게 좋은 거라고 가르쳐서. 대부분의 사람들은 그렇게 하지 않는다는 건 아직 몰라서.

"꽃을 꺾으면 안 돼요. 꽃이 아파하잖아요."
한 아이의 엄마가 말했다. 나는 아이에게 다가가서 조곤조곤히 꽃에는 아픔을 느끼는 세포가 없다고 말해주고 싶은 기분이 들었다.
꽃을 꺾지 못한 아이가 울기 시작했다. 스이 입을 열었다. 공원에 도착한 지 30분 만에.
"저 아이의 생명력을 봐. 저 아이는 자기가 원하는 걸 이루기 위해 저렇게 울어대잖아. 어른과 다를 게 없지."
나는 아이의 순수가 과대평가되고 있다는 생각에 약간 죄책감을 느끼는 중이었다. 아이를 사랑해야 한다고, 특히 여성으로서 아이를 사랑하는 것은 내가 인간이라는 말과 다를 게 없는 거라고 배워온 인생이 30년이 넘는데, 나는 이렇게 불경하다니.
두 시간쯤 지났다. 스이 두번째로 입을 열었다.
"나는 모든 감정이 슬픔으로 귀결된다고 생각해."
내가 대답했다.
"나는 모든 감정이 욕망으로 귀결된다고 생각해. 그걸 생각하면 슬퍼지는 거지."

스이 노래를 부르기 시작했다. 하도 음정과 박자를 틀려서 유투의 노래였다는 건 가사를 한참 듣다가 알았다. 너는 음유시인이니, 너는 지금 노래를 부르는 게 아니라 이야기를 들려주고 있구나. 하긴. 이래야 인생이 살맛이 나지. 아무 목적 없이 문득 공원에 들어가서 낮술도 안 하고 기타를 치는 정도의 여유가 있고 스윙 댄스를 출 줄 아는, 심지어 젊고 잘생기기까지 한 치과 의사가 노래까지 잘하면 너무 진부하잖아. 다행이다.

정파의 사파

ㅅ의 이야기를 마저 해보자.

"난 아직도 이상한 너 중에서, 네가 의사라는 사실이 제일 이상해. 네가 그렇게 생산적인 일을 하다니. 난 네가 의사라는 사실이 그렇게 이상한데 그건 내가 너를 잘 모르기 때문일까, 의사를 잘 모르기 때문일까."

"둘 다겠지."

"넌 왜 치대 갔냐."

"그냥 점수 맞춰서. 의대 넣었다가 떨어졌거든."

상투적으로 '굴지의' 같은 관형어를 붙여주어야 할 만한 대학이었다.

"중학교 때, 집에 있었는데, 심심하더라고. 그래서 그냥 공부를 좀 했고. 그래서 대충 점수 맞춰서 간 거지."

생각해보면 주변에서 소위 좋은 대학을 나온 사람들 중에 공부 열심히 했다는 사람은 없는 것 같다. 그냥 그렇게 자라게 되는 거다, 어렸을 때부터. 그러니까 정작 고등학생 정도가 되어서는 딱히 더 열심히 할 것도 없고 그냥 하던 대로. '공부가 가장 쉬웠어요' 같은 건 확실히 쉬운 일이 아니다. 노동이 문제가 아니다. 뒤늦게 공부를 시작한다는 것 자체가 어려운 일이다. 공부도 빈익빈 부익부라 결국 지식은 가진 놈이 마저 갖는 법이지.

공부가 제일 쉬웠다는 서울대생의 이야기가 강남을 휩쓸고 지나간 뒤에 나는 ㅈ언니를 만났다. ㅈ언니는 엄청나게 열심히 공부했을지도 모르겠다. 우리는 종종 편지를 주고받았는데, 언니가 고등학생이 되자 편지를 쓸 시간이 없으니 당분간 연락을 할 수 없다고 할 정도였으니까. 외고 수석 입학, 서울대 법학과, 사법고시도 여성 최초로 수석이었다고 했나 그냥 수석이었다고 했나. 언니한테도 그게 '열심히'였을까. 잘 모르겠다. 어쨌든 언니와는 꽤 편지를 주고받았다. 언니를 만난 건 백일장에서였다. 언니는 중학교 3학년 대표였고 나는 1학년 대표였다. 언니는 모르겠지만, 나도 오랫동안 몰랐지만 나는 언니의 글씨체를 연습하고 있었다. 언니의 편지를 꺼내보면 내 글씨인지 언니의 글씨인지 구별이 되지 않을 정도다. 나는 언니의 것 한 가지는 가지고 싶었던 것 같다. 결국 언니의 글씨체를 가졌지만 사실 내가 훔치고 싶었던 건 언니의 목소리였다. 가만가만히 낮게 말하는 음성, 다정하지만 힘있는 목소리. 위로가 됐다.

우리는 피로와 위로를 교환했을 것이다. 내가 보낸 편지는, 보내버렸으니 이제 와 무슨 내용인지 확인할 수 없지만 슬픔과 분노가 적지 않았을 것이다. 언니는 시간이 없어 나중에 편지하겠다고 했지만 어쩌면 그건 내가 쏟아낸 '부정부정 에너지' 때문은 아니었을까 하는 생각은, 지금에서야 하는 것이다. 쉽지 않은 시간을 보내고 있었다. (게다가 중2였다잖아요.) 우리는 간혹 좋아하는 시 같은 것을 엽서에 적어 보내기도 했다. 나는 시집에서 찾아 적었고 언니는 모의고사 문제집에서 찾아 보냈다.
아, 내가 모의고사 문제집에서 찾아 보냈어야 했는데!

언니가 고등학교 3학년이던 시절, 우리는 편지 대신 짧은 통화를 했다. 나는 이미 고등학교를 그만둔 뒤였다.
"너는 아직도 글을 쓰니?"

나는 잠시 숨을 고르고 대답했다.

"네, 언니. 아직도 써요."

약간의 안도와 피로가 섞인 목소리였다. 나는 그때 열여섯이었고 내가 수치스러워 견딜 수가 없었다. 언니의 편지가 종종 도착하던 이모네 집에서 나온 상태였고 주유소에서 일을 하며 검정고시를 준비하고 있었다.

언니, 나는 내가 집을 나와서도 마저 공부를 잘할 거라고 생각했어요. 언니, 나는 가출을 하던 날, 옷이라곤 두 벌밖에 안 챙겼으면서 교과서랑 자습서는 다 챙겨 나왔어요. 그런데 언니, 아침부터 저녁까지 일을 하고 학원에 다녀오면 너무 졸린 거예요. 복습을 하려고 책을 펴놓고 졸기가 일쑤였어요. 언니, 이게 핑계가 아니라 정말 그랬다니까요. 네, 언니. 나만 뒤떨어지고 있는 것 같아요. 샤프로 허벅지를 찔러도 졸려서 나는 세탁하려고 챙겨온 주유복을 베고 책상에서 잠을 잤어요. 그래도 책상에서 자면 불편해서라도 금방 깰 거라고. 고시원이라서 알람시계도 함부로 맞춰놓을 수 없으니까. 기름 냄새가 둥둥 떠다녔어요. 기름막으로 된 방울 속에 갇혀서 소리를 질러도 밖에는 둥둥 기름 냄새만 떠다니고. 어제는 같이 일하는 애들이 술을 마셨어요. 나는 윤동주를 읽었어요. 언니, 친구가 원조 교제를 해서 돈을 벌어왔어요. 나는 그래서 글을 쓰려고 해요.

이런 말은 하지 않았다. 나는 그냥, "네, 언니. 저는 아직도 써요."

나는 그로부터 또 몇 년이 지나 대학 실기 시험에서 '언니, 오랜만에 편지를 써요'로 시작하는 소설을 썼다. '언니, 이런 제가 글을 써도 될까요'로 끝나는 소설이었다. 언니에게 보낸 마지막 편지였다. 그건 아마 앞으로도 그럴 것이다. 언니 덕분에 대학 간 걸 언니한테 말했는지는 기억이 나지 않는다.

언니는 친절했고 '선배'라는 단어에 어떤 자격이 있다면 그건 그언니 같은 사람에게 붙여야 할 것이었다. 나는 언니를 훔치고 싶었지만 그러기에 나는 세상에 약간 비스듬한 사람이었다. 언니도 그렇게 올바르지만은 않았을 것이다. 우리는 편지가 사라지고 있는 세대에서 한 달에 몇 번은 우표를 붙였고 시 같은 것을 적어 보내기도 했으니까.
나는 비스듬히 앉아서는, 두 시간쯤 한마디도 하지 않는

ㅅ 같은 애들을 만날 수 있도록 자랐다. 세상에 유리된 기분이 든다, 비스듬하게. 나쁘지 않다.

나는 인물도 게을러서

"인물이 스스로 움직이게 둬라."

교수님이 말씀하셨다. 작가들의 인터뷰를 봐도 종종 나왔다. 나는 그런 게 가장 질투가 났다. 왜 나는 인물마저 게으른 걸까. 내 인물들은 랩톱 화면에 엉덩이 딱 붙이고 앉아서는 어디 돌아다니지도 않는다. 스스로 움직여본 적이라고는 한 번도 없는 놈처럼. 분명히 내 인물들도 두 발 달렸고 직립보행도 할 줄 알 텐데 왜 스스로 움직이질 못하는 걸까.

내가 옆에서 하루종일 비질을 하고 바닥을 닦아도 내 눈치 한번 안 보고 억지로 쿡쿡 찔렀을 때에야 슬쩍 나를 내려다보면서 귀찮다는 듯이 다리만 살짝 들어 비켜주고는, 이제야 움직이려나 기대하면 턱 하니 앉아서는, 다시 웅크리고 있다.

나는 웅크린 채 오랜만에 소설을 생각하고 있다. 전기장판 틀어놓고 침대에 배때기 대고 누워 인물을 끄적거렸다. 아무런 사건도 일으키지 않는 놈들. 세상 착한 놈들. 소설을 생각하면 빚을 진 기분이 든다. 몇 년 동안 할 일이 미뤄져왔다는 느낌. 채권자 없는 채무자가 돼서는 하염없이 포기하기에도 포기하지 않기에도 어정쩡한 마음이 든다.

그래도 나름 소설 쓰는 거 가르쳐주는 대학도 나왔는데 소설을 제대로 완성해본 적이 없다. 쓰는 게 재밌어죽겠다는 동기를 보면 질투가 난다. 나는 상을 받거나 등단을 한 동기보다 열심히 쓰는 동기에게 질투가 난다. 종종 수치스럽다. 나는 시를 쓰는 은이 등단을 했을 때에도 제대로 축하해주지 못했다. 술을 마셨다. 우리는 같이 울었다.

나는 왜 너처럼 열심히 쓰지 않는 걸까.

어떻게 하면 너처럼 매일매일 두 시간씩 쓰게 되는 걸까. 나는 이렇게 게으른데. 그냥 일단 한 줄만 쓰자고 다짐을 해도 어느새 웹사이트로 넘어가 그곳에 머물러 있지. 트럭을 모는 인물을 하나 쓰겠다고 하고는 어느새 트럭을 넘어가서 자동차의 역사를 읽다가 넘어가서 아미시 공동체에서 자동차를 타네 마네 하는 이야기를 읽고 있는 거야. 그래, 뭐, 자동차의 역사 같은 건 자료 조사라고 하자. 노란 원피스를 입은 여자애를 써야지, 하다가 이미지를 찾다보면 어느새 노란 원피스, 주문 완료.

소설을 쓰려고 하면 나는 세상에나 글쎄, 소설을 뺀 모든 게 흥미로워져. 소설이 아닌 모든 것들에 열과 성을 다하지. 10년 전 서울을 쓰다가 어느새 서울의 역사에 대해 돈까지 내고 강의를 보고 있더라니까. 세상에, 서울이 그렇게 흥미로운 동네인 줄 또 몰랐네, 서울에 30년을 넘게 살았어도. 난 아무래도 서울의 역사 강의보다 재밌는 이야기는 도무지 생각이 안 나더라고. 딱 맥주 한 잔만 하자. 꿀꺽꿀꺽, 내가 죄다 마셔버렸지. 내 인물들이 소설 속에서 마셔야 할 맥주를 내가 마셨어. 재밌는 건 죄다 내가 하고 있어. 내가 맥주를 마시고 내가 서울을 돌아다니지, 걘 아직도 집밖으로 못 나가고 있다니까.

나는 왜 누군가처럼 그렇게 열정적이지 못할까. 나는 왜 술을 마시다가도 글을 쓰고 싶어서 집으로 돌아가는 그런 애였던 적이 없는 걸까. 밥을 먹다가도 노트북을 꺼내 인물에게 대신 밥을 먹이는 사람이 못 되는 걸까.

나는 오늘 은에게 고백했다.

"나는 정말, 소설을 좋아하는 걸까? 나는 정말 소설을, 좋아하는 걸까? 나는 왜 열심히 쓰지 않아? 내가 너무 형편없어 보여."

은이 말했다.

"사실 그렇게까지 뭘 안 한 거에 비하면, 이룬 게 많은 거 아니에요? 벌써 몇 권째 책을 쓰고 있는데. 좀 오만해져봐요, 비밀리에. 다른 사람한테 말하지는 말고."

나는 고마웠고 전화를 끊었고 여전히 괴로워했다.

'언니는 내 주변에서 제일 노력을 많이 하는 사람이야. 제일 게으른데 되게 열심히 사는데 엄청 게을러'라고 하던 친구 초초의 문자가 떠올랐다.

소설 쓰는 덴 게으르지만 소설을 쓰지 않고 있는 나를 책망하는 덴 열심히지!

40.3킬로미터의 빨간책방

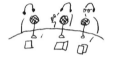

반갑습니다. 『나는 농담이다』를 읽은 독자입니다. 이렇게 '독자입니다' 하고 적고 나니 제가 모든 독자를 대표하는 하나의 독자라도 되는 것 같아서 마음이 영 불편하지만, 뭐, 살다보면 이름이 독자인 독자도 있고 4대니 5대니 하는 독자도 있으니까. 이 독자 저 독자 하다보면 독자의 무게가 좀 가벼워져서 이대로 우주까지도 날아갈 수 있을 것 같은 기분이 드는 건 아무래도 범우주적인 뻥이고, 몸무게가 0킬로그램 정도는 돼야 우주로 날아갈 수 있을 것 같은데 정작 우주로 가면 중량이 사라지니 몸무게가 0이 되지 않겠어요? 그러니까 우주로 가면 몸무게가 0이 되니까 몸무게 좀 줄여보자고 우주로 나가려면 몸무게를 줄여야 한다는 말인데, 가능할 리가 없겠습니다.

이러니 중혁 작가님이 소설 속에서 신도 되고 한다는 거겠죠. 소설 속에서는 몸무게도 줄이고 인물한테 나 대신 운동도 시키고 얼마나 좋습니까. 다만 인물이 대신 운동하니까 인물이 예뻐지고 사랑도 인물이 받을 거라는 생각을 하면 어우, 이거 어디 질투 나서 소설 쓰겠습니까마는 사실 저도 어떻게 소설을 좀 써보려고 하고 있습니다.

어쨌거나 저는 40.3킬로미터를 자전거로 달리면서 〈이동진의 빨간책방〉을 듣습니다. 열심히 마포대교를 달려 출퇴근을 하는데 이러다 보면, 거, 지난번 방송에 자전거 타고 마포대교를 건너셨다던 성석제 선생님이라도 좀 마주칠 법한데 그런 일 없이 그냥 빨간책방을 듣습니다. 덕분에 집에 잘 도착할 수 있어요. 빨간책방이 아니었다면 아무래도 지겨워서 달리고 달려 온 세상 어린이를 다 만날 것처럼 헉헉거리면서도 집에는 도착도 못할 거예요.

스피커로 듣기 때문에 제가 요즘 빨간책방을 여기저기 흩뿌리고 있어요. 얼마 전 방송, 거, 왜, 김중혁 작가의 새책을 읽어주던 거 말이에요. 『나는 농담이다』를 읽어주시는 바람에 제가, 이 말만한 처녀가, 할아버지 옆을 '정액이 왜 회백색' 휙 지나가고, 아줌마 옆을 지나면서는 '자기는 왜 정액 색깔이 이래?', 어떤 청년 옆을 지나가면서 '정액이 분홍

색' 흩뿌리고 달렸죠. 한강에서 들었으니까 못해도 서해까지는 갔을 거예요. 우주까지 가서 『나는 농담이다』의 일영이가 들으면, 그거 제가 보낸 겁니다.

제가 이렇게 얘기하니까 뭐 그렇게 재밌게만 듣는 줄 아시겠지만 그게 또 그렇지가 않단 말이죠. 가끔씩 좌절하고 그래요. 특히 작품을 읽어줄 때 그래요. 아, 이럴 수가. 나도 모국어가 한국어인데. 나도 이 사람이 쓰는 단어 다 아는데. 왜 영어 독해할 때 그런 기분 있잖아요. 이 단어도 알고 저 단어도 아는데 얘네가 연결이 안 돼. 분명히 그 문장 안에 있는 단어 다 아는데 문장은 이해가 안 되는 거야. 희한하게. 그런 거예요. 이 단어도 알고 저 단어도 아는데 난 왜 얘네가 연결이 안 되지. 이번에 김중혁 작가 책에 실린 단어가 25,000개 정도 된다면서요? 모르긴 몰라도 저도 그 정도 이상의 단어는 알고 있을 것 같단 말이죠.

저도 소설을 좀 써볼까, 하고 있다고 아까 말했나요? 몇 년째 소설을 좀 써봐야지, 랄까. 소설을 좀 쓰는 게 어떨까, 랄까. 소설을 좀 써야 하는 게 아닐까, 랄까.

소설은 다이어트처럼 쓰고 있습니다.

'내일부터.'

제가 이렇게 미래지향적인 인간이에요. 소설도 지금은 안 써요, 미래에 쓰지.

그래도 가끔씩 방송에 작가들이 나올 때면 창작욕이 불타 오르죠. 우주까지 날아갈 것 같은 가세로 페달을 밟으면서 방송을 듣다보면 '어서 집에 가서 소설 써야지!' 집에 도착 하면, 완전 연소. 활활 타서 남은 게 없어요, 아주.
제가 또 이런 상상을 합니다. 나중에 소설가가 돼서 나도 빨간책방에 출연해 '그때 제가 그 독자입니다' 하고 무심 하게 이야기해야지, 같은 상상을 하느라 소설을 못 쓰나 봐요.

작가들이 출연하면 그 사람들이 가진 어떤 특징이 나와 유 사한지를 보죠. 그러면서 가늠하는 거예요. 어? 나도 메모 를 하는 습관이 있는데! 어? 나도 서술자 흉내내기 하는데! 내가 일어나놓고는 '그녀가 일어났다. 방은 비어 있었다' 혼

43

자 중얼거리는 거 하는데! 그렇다면 나도 소설을 쓸 수 있겠군. 이 정도면 어떻게 좀, 되겠습니까?

어떻게 좀, 된다고 해도 오늘은 이미 창작욕이 다 불타버렸네요. 한강에 빨간책방을 흩뿌리고 훌훌 훨훨, 가볍게 우주로 날아갈 것 같은 기분이 되어 다시, 미래지향적인 인간이 됩니다.

이쯤 되니 빨간책방 스태프의 비명이 들려오는 것 같네요. "독자의 말이 왜 이렇게 길어요?" 어쩌겠어요. 손가락이 수다스러운 걸. 지금까지 얘기한 건 독자의 말이 아닙니다. 독자의 농담이에요. 그리고 여기 적힌 모든 건 진짜입니다.

네가 생각하지 않은 밤

지금 내가 쓰려고 하는 밤은 네가 생각하지 않은 밤, 네가 생각하지 않는 밤. 명징한 것은 아무것도 없는 밤, 하얗게 쓸쓸한 밤.

고등학교 시절부터 헤비메탈을 하고 싶었는데 집안의 반대가 있던 소년이 있었다. 그는 'SKY대학'에 가면 음악하는 것을 허락해주겠다는 부모님의 말씀을 듣고 고3을 바쳐 K대에 들어갔다. 딱 한 학기를 다닌 후 패기 있게 학교를 때려치운다. 내가 아직 열여덟이던 날, 그의 이야기. 곧 음반이 나올 거라는 그 오빠의 연락을 받았던 기억이 난다.
그뒤로 헤비메탈의 새로운 바람을 몰고 왔습니다 하면 얼마나 아름다울까마는, 하필 헤비메탈이잖아. 그냥 메탈도

'존나' 헤비한데 심지어 헤비메탈이잖아.

그 오빠는 종종 내가 듣는 음악, 얼터너티브 같은 것들을 비웃었고 나는 그게 약이 올라서 내가 음악에 대해 아는 척할 수 있는 게 뭘까 머리를 좀 굴려보다가 한 남자의 이야기를 했다. 내가 어린 시절에 연애라고 할 수 있을까 싶은 것을 한 기타리스트였다. 그 오빠는 약간 수줍어하며 자기가 동경하는 사람이라고 했다. 나는 마치 오빠가 나를 동경하기라도 하는 것처럼 뿌듯해져서는, 사실 나는 그를 별로 좋아하지 않았다고 말했다. 일부러 덧붙이고 나니 기타 치던 그 친구가 나를 엄청나게 좋아하기라도 한 것 같아졌다.

10년도 훌쩍 지나고 공부만큼 쉬운 건 없던 모양인지 오빠의 인생은 점점 헤비해졌고 K대를 그만두었던 오빠는, 의기양양하게 K대 같은 게 중요한 게 아니라고 내게 말했던 계절과 비슷한 바람이 부는 밤에, 해쓱한 발음으로 그냥 학교를 졸업할걸 그랬다고 말했다.

몇 번의 계절이 또 지났고 나는 그 기타리스트와 우연히 해후하게 되었는데 헤비메탈을 하는 소년의 동경이었던 기타리스트는 사랑과 이별과 재회에 대해, 봄이 아닌 어떤 계절이라고도 할 수 없는 음반을 몇 장째 내고 있었다. 기타 취미반 같은 걸 강습하기도 한다고 했다.

우리의 어렸던 시절은, 세기말의 불온을 견디고 밀레니엄을 맞은 지 얼마 안 됐을 때였다. 우리의 21세기 어떤 밤들에도 우리는 오늘의 밤을 상상해본 적은 없을 것이다.

학생들에게 꿈이 뭐냐고 물으면 다들 기껏해야 직업을 말하는 하얀 밤, 하늘을 나는 게 꿈인 애는 없는 날들.

우리의 구원

동창이 찾아왔다. 그녀는 쌍둥이였다. 나는 그녀의 언니와 친분이 있기는 했지만 졸업 후에도 연락을 주고받을 정도는 아니었다. 더욱이 동생이라면. 나는 그녀들이 쌍둥이가 아니었다면 동생을 알아볼 수도 없었을 것이다. 그녀가 내 이름을 알고 있다는 사실조차 의아했다. 무겁게 더운 공기가 사방에서 밀려왔다. 7월의 막바지였다.

그녀는 검은색 긴팔 원피스를 입고 있었다. 얼굴은 알아볼 수 있었지만 그새 제법 살이 붙어 있었다. 키가 작았는데. 그녀는 여기저기 다 살이 쪄서 키마저 커버린 것 같았다. 식사를 하면서 천천히 이야기하자더니 주문도 하기 전에 물었다.

"사실은 언니가, 이런 말 어디 가서 하는 게, 부끄러워서 좀 그렇긴 한데, 혹시 언니가 너한테 연락하지 않았어?"

나한테 연락하는 게 부끄러운 일인가. 그나저나 쌍둥이면서 잘도 언니라고 하는구나. 그녀는 살짝 팔을 들어 겨드랑이께를 털었다. 내 몸에서 다 땀이 날 지경이었다. 기묘한 느낌이었다. 수녀복 같은 긴 원피스를 입고 연신 땀을 흘리며 종교에 빠진 언니에 대해서 이야기했다. 언니는 자기가 모아둔 돈까지 가져갔다고 했다. 나는 오랜만에 그녀의 언니를 떠올려보려고 했지만 기억이 희미했다. 그녀는 언니의 친구들에게 연락을 해서 언니를 좀 만나봐달라고 부탁하고 있다고 했다.

어떤 구원은 왜 그녀의 검은 원피스처럼 얽매고 후텁지근할까. 왜 어떤 구원은 우리를 자유롭게 만들까. 이건 아무래도 일종의 운이 아닌가. 내가 글을 쓰는 것을, 거창하거나 소심하게 구원이라고 삼은 것은, 그냥 운이 좋았다고밖에 할 수 없는 거다. 그녀의 언니가 집을 나가서까지 그림을 그리거나 노래를 부르거나 공부를 했다면 그녀가 나를 찾아오지 않았을 텐데. 하다못해 그녀의 언니가 다크에이지에 태어나기만 했더라도 얼마나 좋았을까.

언젠가 동기가 이야기했다. 글을 쓰지 않고도 살 수 있다면 그렇게 살겠다고 했다. 그러니까 글을 쓰는 건 일종의 저주라고밖에 할 수 없다고 이야기했다. 나는 뭐라고 대답했는지 잘 기억이 나지 않는다. 나는 아무래도 내가 운이 좋은 거 같으니까.

그럼 매일같이 글을 쓰고 그러고도 재밌어서 어쩔 줄 모르겠다는 사람들은, 대체 얼마나 운이 좋은 걸까.

나만 이상한 거 아니지?

나만 내가 이상하다고 생각하는 거 아니지?
나만 내가 특이하다고 생각하는 거 아니지?

그래서 나만 외로운 거 아니지?

나는 나를 너무 많이 쓰고 있어

나는 나를 너무 많이 소비하고 있다. 나를 너무 많이 쓰고 있어.

한강에 소풍을 다녀왔다. 치킨을 먹으며 맥주를 마시는데도 불안이 가시지 않았다. 심장이 빠르게 뛰고 있다. 나는 고혈압에 어울리는 성격이라고 생각했는데 최고혈압은 120, 최저혈압은 66, 맥박은 78, 정상이다. 불안은 숫자로 치환되지 않았고 나는 수치를 의심했다. 포유류의 총 맥박 수는 거의 동일하다고 한다. 다들 비슷하게 15억 정도의 심박수를 갖고 태어난다고. 고양이나 개는 심장이 빨리 뛰어서 15억을 빨리 소비해서 빨리 죽는다고. 나에게 부여된 심박수를 빠르게 소비하고 있는 느낌이다.

힘이 나지 않는다. 지난번에는 '나'를 털어 소설 하나를 완성했다. 지금까지 쓴 소설 중 가장 낫다는 소리를 들었다. 딱 '나'만 빼고 쓰자고 노력하다가 스터디 마감이 코앞이라 확 털어버렸던 것이다. 결국 나와 나와 내가 나오는 소설이 되어버렸다. 나는 '나'를 좀 그만 쓰고 싶다. 저선생님은 자전적인 이야기이다보니 애틋하게 읽었다고 했다. 나는 내 친구들 보라고 소설 쓸 게 아니기 때문에 낙담했다.

나는 아직까지도 나의 이야기를 하는 것에만 익숙하고, 누군가가 내게 어차피 모든 소설은 자전적이라고 위로하지 않았으면 좋겠다. 이건 상상력의 문제가 아니라 공감력의 문제가 아닐까. 나는 내가 아닌 인물에 공감을 못해. 나는 항상 내가 가장 아파.

스터디에 소설을 낼 차례가 돌아왔고 나는 내일까지 내야 하는 소설을 쓰고 있다.

나는 이 소설을 절대로 살릴 수 없을 거다. 억지로 단어를 이어나간다. 원고지를 채워나가는 기분으로라도 써야 한다고 생각한다. 한글을 배우는 마음으로라도 쓰자. 무엇 하나는 조금이라도 성장했으면 좋겠다.

함께 스터디를 하는 친구가 "누나의 인맥과 경험은 돈 주고 사고 싶어요"라고 말했다. ㅈ선생님은 '그렇게 많은 경험을 했으니 이제 쓰기만 하면 된다'고 하신 적이 있다. 삶이 아까워서 눈물이 다 날 것 같다. 언젠가 영화관을 나오는데 한 남자가 '저 좋은 배우들을 데리고 이런 영화를 찍는 것도 재능'이라고 말하는 것을 들은 적이 있다.

나에게 있는 하나의 재능을 발견한 느낌.

누군가 물었다.
"넌 왜 신선한 것을 쓰지 못하니?"
내가 대답했다.
"나라는 애가 신선하지 못해서."
그가 말했다.
"난 너라는 사람을 처음 알았을 때 정말 신선한 충격을 받았었는데."
내가 대답했다.
"그러니까 사실 알고 보면, 나는, 무공해 야채칸 사이에 놓인 단무지 같은 사람인 게 아닐까. 그게 왜 거기에 놓여 있는지 모르겠는, 멀리서 보면 신선해 보이는데 사실 별다르게 신선할 것도 없고 신선할 필요도 없는."

어쨌든 나는 원고를 마칠 것이다.

인물 둘이 만나 몇 시간의 대화를 나누는 내용인데 원고지 40매에서야 겨우 둘이 만났다. 단편소설의 분량이 보통 60~70매라는 것은 당신도 알 것이다.

얼마 전 소설가가 된 ㅊ씨에게 "우리 이제쯤 만나질 법도 하지 않아요?" 했더니 그는 "봐야 되나. 봐야지" 하고 대답했다. 나는 재빠르게 "아니, 뭔 말이 그래요. 마치 난 네가 딱히 보고 싶지는 않지만 굳이 나를 보겠다면 나는 그에 응해야 할 것 같긴 해서 그것이 순전히 나의 욕망은 아니더라도 나도 어느 정도 사회에 발붙이고 있는 사람이니 네가 먼저 이야기를 꺼낸 것에 대해 적당한 호의를 베푸는 마음으로, 그래, 봐야 된다면 그게 또하나의 사회인으로서 내가 가진 의무이니 응해주겠다는 사람처럼 말을 뭐 그렇게 안 예쁘게 해요"라고 응수했다. 그가 폭소하더니 말했다.
"야, 너 그렇게 소설을 써봐. 등단하겠는데?"
이런 건 글을 쓸 때는 잘 떠오르지 않고, 사실 나는 통화중에 윗문장보다는 훨씬 웃겼을 거다. 내 인물들은 이상하게 진지하고 꽉 막혀서 나처럼 말을 잘하지 못한다.

우스꽝스러운 나는 우스꽝스럽도록 내버려두렴.

사실 소풍하기에 좋은 날씨는 아니었고 조금 있으면 종말이 올 것 같은 날씨였다. 저녁이 되자 종말처럼 비가 내렸고 나는 휴거되지 않았다.

교회당의 기다란 창가에 앉아

이어폰을 꽂고 있었고 전날 영어 테이프에 복사해온 엔야의 노래들이 흘러나오고 있었다. 구름이 끼었지만 해는 밝은 날이었다. 구름 사이로 문득 비치는 햇살에 눈이 부셨다. 나는 교회의 도서관에 자주 갔다. 기다란 창 앞에 라디에이터가 놓여 있었고 그 위에 앉으면 오른쪽 어깨는 벽에 닿고 왼쪽 어깨는 책장에 닿았다. 무릎은 펼 수 없어 쪼그리고 앉아 세계문학전집 따위를 읽었다. 그날은 조반니 보카치오의 『데카메론』을 읽고 있었다. 흑사병이 창궐하는 유럽에서 펼쳐지는 수도사의 불륜을 교회 같은 데서 읽어도 되는지, 죄책감을 느꼈다. 중학교 진학을 앞두고 있었다. 곡이 넘어갈 때마다 하이, 준, 고잉 투, 디스 이즈, 같은 단어들이 끼어들었다.

나는 가끔 도서관의 긴 창을 떠올리는데 그러면 죄책감과 지루함 같은 것들이, 곳곳에서 다시 죄책감과 흥미로움 같은 것들이 떠올랐다가 사라진다. 괜찮다고 나에게 이야기하게 했던 날들도 있었을 것이다. 엄마가 돌아가시고 나는 이모네로 옮겨졌는데, 몇 년이 지나도 적응을 못했다. 아마 그날도 그런 날들 중 하나였을 것이다. 나는 나쁜 아이였고 이상한 아이여서 자꾸 멀어졌다. 선생님들은 종종 다정했다. 나를 불러 먹을 것을 챙겨주면서 네 잘못이 아니라고 아이들이 나쁜 거라고 했다. 그 정도는 나도 충분히 알고 있었다. 그렇다고 내가 어디가 이상한 게 아닌가 하는 생각을 안 하는 것은 아니다. 이건 착하고 나쁘고의 문제가 아니다.

별다른 수기 없었기 때문에 나는 타락한 것들에 대한 소설을 읽으면서 나를 무시하는 또래 아이들을 내려다보기도 했다. 원래 타락한 것들에 대한 경험이 건강한 것들보다 아무래도 어른의 느낌을 주니까. 너넨 이런 것도 모르면서 함부로 아이 같은 짓을 하다니. 내일은 학교에 가면 내가 아이들을 무시해야지, 굳게 결심했다.

그래도 무시가 안 되었다. 아무도 내가 그들을 무시한다는 것을 몰라줬다. 나의 무시는 상대방이 무시당한다는 것을

알아차리고 나와 같은 치욕감을 느껴야 완성이 되는 거였
는데 그러려면 상대방을 완전히 무시하고서는 도무지 완성
이 안 되는 것이어서 나는, 그냥 싸웠다. 싸우고 또 싸웠다.

라디에이터에 앉아 있으면 정수리를 비추는 나른한 햇살이
나의 실패한 무시를 재워주기도 했다.

모딜리아니 같은
글을 쓰는 보데로

소설을 쓰고 싶다는 여자가 말했다.

"그러고 보면 소설 쓰는 사람들 중에 뚱뚱한 사람은 없는 것 같아요. 특히 여자는요."

소설가 ㅈ선생님이 한참 생각을 하더니 역시 그렇다고 했다. 말을 꺼냈던 여자가 말했다.

"그렇다면 살을 빼야겠군요. 아무래도 작가가 되려면."

요상한 인과에 우리는 진지하게 고개를 끄덕였는데, 그러니까 그건 예민함이니 섬세함이니 강박이니 하는 것들이었겠지. 나는 실제로 주먹을 불끈 쥐며 끼어들었다.

"제가 최초의 살찐 소설가가 되어드리죠! 희망의 증거가 되어 보이겠어요."

나는 간혹 몇몇의 소설가를 만났고 굉장히 여러 번 그들이 아무래도 글처럼 생겼다고 생각했다. 특히 ㅎ선생님은 처음 보자마자 소설 속의 인물을 옮겨온 초식동물 같아서 아무래도 글을 쓸 수밖에 없으리라고 나는 오래 이야기한 적이 있다. 자근자근하게 끊어질 듯 이어지는 그녀의 말투를 흉내내면서. 작가가 소설을 닮아가는 걸까, 소설이 작가를 닮아가는 걸까. 몇몇 뒷이야기 같은 것들을 듣게 되고 문학만큼 아름답지는 않은 어떤 작가들의 이야기를 마주하기도 하지만 아무래도 그들이 입을 여는 순간에는, 자기의 문장 같은 목소리로 말했다.

나는 몇 번 내 글을 읽은 사람들을 만났고 그들은 한결같이 내가, 생각했던 이미지와 다르다며 놀랐다.
"글은 모딜리아니 같았는데, 만나고 보니까 보테로라서요?"
나는 웃으며 대꾸했다. 나는 이런 대꾸를 잘도 했다. 나는 가끔 내가 어떤 성격으로 성장할 운명이었을까 궁금해했다. 어떤 여자애가 술에 잔뜩 취해 큰 소리로 물은 적이 있다.
"언니! 언닌 언니가 얼마나 예쁜지 모르죠?"
그녀의 목소리가 너무 컸기 때문에 나는 그만 그녀가 내 미모에 시비를 거는 줄 알았다. 나는 그래도 그녀의 어깨에 손을 두르며 세상의 비밀을 말해주듯 은밀하게 대답했다.

"아니, 난 아는데 사람들이 모르더라."

나는 조금 덜 예뻤기 때문에 자신감이 성장했다. 내가 나를 예뻐하지 않으면 도무지 내가 예쁜 걸 사람들이 몰라줘서 내가 꽁꽁 나를 예뻐했다. 나는 조금 덜 예뻤기 때문에 조금 더 재밌는 사람이 된 것 같다. 사람들이 나만 보면 미소를 지을 정도로 내가 예뻤다면 남을 웃기는 말 같은 걸 할 줄 아는 능력이 사장돼버리지 않았을까.

오래 음식을 앓은 적이 있다.

쉬지 않고 음식을 쑤셔넣었다. 내가 무엇을 먹는지는 중요하지 않았다. 제대로 씹지도 않고 삼켰다. 오로지 삼키는 일에만 집중하면 불안감이 가셨다. 배가 불러오면 다시 불안해졌다. 손등에 붉게 잇자국이 남을 정도로 토하고 나면 눈물이 맺혔다. 목구멍이 타는 것처럼 까끌해졌다. 점점 살이 찌거나 빠졌다. 대부분은 쪘다. 나는 살이 도무지 찌지 않을 정도의 예민함은 갖고 있는 것 같고 주변을 괴롭힐 정도의 괴팍함과 나를 미워할 정도의 강박은 있다고 자부하는데도 살이 쪘다. 조사 한 글자의 미세한 차이도 견디지 못하고 음식을 집어넣는 날들이 제법 흘렀다. 몸은 자꾸만 달라져서 같은 디자인의 바지를 크기별로 서너 벌 갖고 있기도 했다. 예민함을, 적는 대신 삼켜버렸기 때문인지도 모르겠다.

우리는 우울. 아무것도 바르지 않은 크래커를 천천히 씹어 삼킨다. 입안에 오래 굴린 크래커가 눅눅해지고 마침내 침과 함께 넘어간다. 날이 더워지고 있다. 목이 탄다. 바람이 불지 않는다. 요즘은 조금씩 오래 씹어 먹고 있다. 예민함을 온몸으로 견디고 있다.

뭐해, 자니, 자냐고

술을 마신다. 버릇은 좋지 않다. 자꾸 뭘 쓴다. 옛 인연을 어슬렁거리기도 한다. 인연, 이라고 적었다. 연인, 이라고는 안적었어. 이렇게라도 조금만 덜 찌질해지자. 술에 취하면 술에 취했을 때의 논리가 생긴다.

하루는 회식에서 어느새 취해가지고는 주섬주섬 옷을 입고 가방을 챙기더니 상사에게 "어? 연주 취해따. 연주 지베갈래" 하고는 근 스무 명을 남겨놓고 집에 왔다고 전해진다. 그래도 취하면 내가 취한 줄은 아는 사람이라는 자부심이있지만 지가 술 취한 거 안다고 주사 안 부리는 건 아니다. 취했다는 걸 알면서도 간혹 '지금' 이야기하지 않으면 내일은 세상 통신이 모두 단절되기라도 하는 것처럼 아무리 봐도 '지금' 이야기해야 가장 효과적일 것 같은 이야기들이 있다. 오늘 아침에도 술에 취한 여느 아침처럼 일어나자마자 스마트폰을 먼저 확인했다. 최근 사용한 애플리케이션은 블로그였다.

돌아갈 곳이 없이 너무 오래 살았다.
나는 내일 이 글을 후회할 것이다.

아. 또.

블로그에 포스팅을 하는 것은 차라리 낫다. 남한테 말만 안 걸면. 안부 메시지를 남긴다든지 전화를 한다든지. 술에 취하면 끼를 부린다. 평소에는 웅크리고 있던 감성 군단이 알코올이 위장을 돌아나가 조금이라도 나른해지면 우르르 쏟아져서는 수치심 군단을 살살 꾀고는 자꾸 끼를 부린다. 나는 저 글을 남기면서 소리내어 중얼거리기까지 했다. 난 알아, 난 내일 후회할 거야. 후회할 걸 알고 적는 거니까 괜찮아.

괜찮긴 뭐가 괜찮아!

아, 제발 내 스마트폰에 후각 감지 기능이 있었으면 좋겠다. 반경 1미터 이내로 술냄새를 풍기면 '비상! 우리 주인님이 술을 마셨다! 자, 이제 모든 글쓰기 기능을 자동으로 차단합니다!' 일사분란하게 움직여줬으면 좋겠다. 아예 글쓰기가 안 되면 술이 취해도 꾸역꾸역 노트북을 찾아갈 게 뻔하니까 일단 글을 써놓되 모든 글이며 메시지는 내가 일어나서 검열을 할 때까지 임시 저장만 가능하도록.

크라우드 펀딩 받습니다.

시속 2.5미터의 슬픔

슬픔은 매일 시속 2.5미터로 낙하하고 나는 어젯밤 머리맡에 상처를 하나쯤 잘라서 묻어두기도 하였는데 그것이 상처라는 것을,

말하지 못하여서 상처가 되었다.

생활이 무거워질 때마다 나는 일주일에 두 번꼴로 기력을 담아 풍선을 불어내는데 풍선은 고작해야 이틀이나 갈 수 있을까 말까,

터지지 못하여서 상처가 되었다.

풍선은 점점 쪼그라들었고 나는 불어도 불어도 끝이 없구나. 마음을 겨우 연명하고 있다는 느낌이 든다. 이럴 때 우리는 발화해야지, 적어야지. 나는 슬, 프, 다, 라고 적는다. 나는 문을 걸어 잠갔지만 발화되지 않은 슬픔은 꾸역꾸역 기어들어왔다. 은밀하고 거대하게. 생명력을 가지고.

가장 간단하고 상투적인 서술어를 붙여보자. 슬, 프, 다, 라고 적어보자. 나는 오늘 시속 2.5미터 정도만 슬, 프, 다. 둥글게 잠식하고 있던 슬픔을 펼쳐내어 길이를 재어 잘라내자. 맛을 모르는 조각 케이크의 단면을 아주 깔끔하게 베어내는 느낌으로 슬, 프, 다.

발화되면 아무것도 아닌 것들. 슬, 프, 다, 둥글게 뭉친 단지 하나의 음운으로 만들어보자.

발음 이상의 아무것도 아닌 슬픔.

위안이 된다.

어떤 다정하고 투박한 목소리

레너드 코헨이 죽었다. 이건 불과 얼마 전의 일이다. 얼마 전의 일이기 때문에 나는 죽음을 생각하는 것이다. 죽은 사람의 목소리는 죽은 사람의 사진과는 다르다. 거기에는 숨이 있다.

죽은 사람의 숨소리를 듣는 일이다.

나는 대부분 무언가를 듣고 있다. 처음 귀에 이어폰을 꽂은 게 일곱 살이니 벌써 20년이 넘었다. 이어폰이 맞지 않아 귓바퀴가 붉어지곤 했다.

첫 워크맨은 대우의 '마이마이'였다. 그때까지 내가 아는 '마이'는 재킷밖에 없었으므로 나는 왜 노래가 나오는 기계

의 이름이 '가다마이(가타마에)'인가 고민한 것은 잠시고 어
느 날 엄마는 '이게 진짜 워크맨이다!' 어떤 깨달음처럼 소
니사의 '정말 워크맨'을 사 왔다. 오, 경이로워. 내가 듣던 건
가짜였구나. 나는 그제야 워크맨의 세계에 제대로 첫발을
들여놓은 기분을 느꼈다. 나는 워크맨의 이데아에 들어온
거야.

한 며칠은 일부러 워크맨을 손에 들고 다녔다. 버스를 탈 때
에도 워크맨을 꺼내어 무릎 위에 올려놨다.

날 봐주세요, 이건 진짜 워크맨이에요!

하지만 나라는 인간은 그저 현상계의 그림자 따위니까. 결
국 며칠 만에 나는 진짜 워크맨을 포기하고 마이마이를 다
시 쓰게 된다. 이데아에는 라디오가 안 나오더라. 그건 그저
순수한 워크맨. 엄마는 '고급 일제라서 우리나라 라디오가
안 나온다'고 했는데 그건 단순히 라디오 기능이 없기 때문
이라는 걸 엄마는, 알고 한 말일까, 모르고 한 말일까. 엄마
는 능숙한 화자였으니까 모를 일이다. (우리 집에 카메라가 없
었어서 나는 어린 시절 사진이 별로 없는데, 엄마는 집에 도둑이 들
었다가 앨범에서 내 사진을 보곤 내가 너무 예뻐서 사진만 훔쳐간
거라고 했다. 난 그 말을 정말 믿은 적도 있다.)

라디오에서 테이프로, CD플레이어에서 MD플레이어(는 갖고 싶었지만 못 가졌고), MP3플레이어에서 아이팟(여기야말로 이데아였고), 아이폰까지 넘어오는 데 20년이 더 걸렸다. 버스에서 듣기 시작한 음악은 학교 수업까지 종종 이어졌다. 교복 셔츠 안으로 이어폰을 넣어 한쪽 귀에만 꽂고는 머리카락으로 가리거나 소매로 이어폰을 빼내어 턱을 괴는 척하고 음악을 듣는다. 그러다가 테이프 한 면이 다 돌아갔을 때면 난감해졌다. 버튼을 슬쩍 눌러 라디오로 갈아타기. 이어폰을 꽂고 있으면 세계와 유리된 채 내 머릿속에서만 방방 울리는 세계에 갇혔고 나는 그 느낌이 좋았다.

오랜만에 학창 시절에 들었던 음반 목록을 꺼냈다. 예레미, 블랙홀, 메탈리카, 라르크 앙 시엘, 비틀스, 엑스재팬, 알에이티엠, 림프 비즈킷, 너바나, 스키드 로우, 오아시스, 유투, 린킨파크, 라디오헤드, 자우림, 크랜베리스……

세기말의 추위가 느껴진다. 닥치는 대로 집어넣던 허기도 떠오른다.

오늘은 오랜만에 새 재생 목록을 만들었다. 도터, 힌디 자라, 수노우마인, 라이, 드류 홀콤 앤드 더 네이버스, 릴리 커쇼, 플로 모리세이 같은 음악들을 넣었다. 나는 십대에서부터 지금까지 취향이 많이 달라진 것도 같으면서 여전히 어떤 다정하고 투박한 목소리를 찾아다녔다는 생각이 든다.

코헨은 죽기 전에 메리앤이 위독하다는 소식을 받는다. 그는 무려 50여 년 전 연인이었던 메리앤에게 편지를 쓴다. 곧 만나게 될 것이라던가. 메리앤은 죽기 전 두 사람의 사연이 담긴 곡 〈Bird on the Wire〉를 들으며 숨을 거둔다. 곧 만나게 될 거라던 그의 말대로 코헨은 얼마 지나지 않아 숨을 거두었다.

첫 소설

처음으로 썼던 소설을 떠올려보자.

그건 소위 '야설'이었다. 내용은 잘 기억나지 않는다. 친구의 오빠가 등장했던 것 같은데, 아마 실재하는 오빠나 친구는 아니었을 것이다. 나는 열 살이었고 소설은 친척 오빠에게 뺏겼다. 오빠는 어른들에게 이를 거라고 나를 혼냈지만 이르지는 않았던 것 같다. (그렇다면 소설의 행방은?) 열 살이라 딱히 그런 것들에 침잠해 있었던 것은 아니다. 사실 그때쯤엔 호기심도 끝물이었으니까. 나는 대부분이 남들보다 빨랐고 성에 대한 관심도 빠르게 지나갔다.

엄마는 글을 잘 몰랐다. 항상 성경을 끼고 살았으니까 아주 몰랐던 건 아니었겠지만 읽는 데에 시간이 오래 걸렸다. 글을 잘 모르는 대부분의 엄마들처럼 엄마는 책을 많이 읽으면 훌륭한 사람이 된다고 믿었다. (엄마가 소설이나 시를 쓰는 내 친구들을 몰라서 다행이야.) 어떤 책인지는 중요하지 않았다. 엄마는 '나쁜'이라든지 '도움이 안 되는' 같은 수식어가 책에도 붙을 수 있다는 걸 몰랐던 것 같다. 어디에서 종종 책을 주워오기도 했는데 안타깝게도 혹은 다행스럽게도 우리가 살던 곳은 트럭 터미널이었고 그곳에는 궁핍한 욕망이 어디에나 있었으므로 나는 아주 당당하게 엄마가 가져다준 할리퀸 소설 같은 것을 읽으며 한글을 뗐다.

책 속에는 무궁무진한 사랑이 담겨 있었다. 가령 책 외판원이 책을 팔러 왔다가 다른 걸 팔고 가는 사랑 같은 것들. 나는 빠르게 배웠다.

하루는 엄마랑 '학교 다녀오겠습니다 뽀뽀'를 하는데 혀를 집어넣은 적이 있다는 이야기는 이제 알 만한 사람들은 다 아는 이야기. 엄마는 기겁하면서 그런 걸 어디에서 배웠느냐고 했다. 뭐라고 둘러댔는지는 기억나지 않지만 머리는 빠르게 돌아갔다.

책은 안 된다. 이걸 책에서 봤다고 하면 다 뺏긴다.

가르쳐주지 않아도 아는 것들이 있는 법이다.

소설로 금기를 쌓아가면서 나는 자랑할 만한 책과 자랑하면 안 되는 책을 구별해갔다. 하지만 자랑할 만한 책은 내내 부족했다. 학교에서 내준 방학 숙제로 독후감을 많이 써서 '다독상'을 받고 싶었지만 '다독'할 책이 없었다. 도서관이 있는 동네도 아니었고 엄마에게 사달라고 조르기에는 책보다 아쉬운 것들이 많았으므로 나는 이야기를 만들었다.
책을 한 권 읽고 독후감을 쓰고, 그 책의 결말을 내 머릿속에서 바꿔서 또 독후감을 쓰고, 책 두 권의 인물들을 섞어서 다른 이야기를 만들어 독후감을 썼다. 나는 내 소설을 쓰기도 전에 내 소설에 대한 독후감을 먼저 쓴 셈이다.

상은 물론 받았다.

선생님은 내용은 안 읽고 대충 분량만 봤던 것 같다. 애가 뭘 바꿔 해본다고 뭐가 얼마나 달랐겠어.

순댓국밥 일기

글을 쓰지 않은 지 꽤 오랜 시간이 지났다. 고 적은 지도 꽤 오랜 시간이 지났다. 글을 쓰려는 준비를 하느라 시간을 보냈는데 사실 이건 주객이 전도된 것이었다. 나는 여행을 하기로 했고 여행을 하면서 소설을 좀 써야겠다고 생각했는데 언젠가부터 마음이, 소설을 쓰기 위해 여행이라도 하는 것처럼 굴고 있다. 그래, 글은 여행 가서 써야지, 그러니까 지금은 그걸 준비하는 중이야.

나는 종종 얼마나 바쁜지를 손톱으로 확인하는데 오늘 보니 매니큐어가 다 벗겨져 있었다. 매니큐어는 바른 뒤에 충분히 말릴 시간이 필요하기 때문에 이렇게 죄 벗겨졌다는 건 손이 쉴 틈이 없었다는 것이므로 나는 바쁜가, 둘러본다. 이건 친구인 초초도 마찬가지여서 우리는 서로의 손톱을 보며 너 요즘 바빴구나, 언니는 그래도 얼마간 한가했나 봐, 하고 인사를 주고받는다.

나는 어제 외박을 했고 아침에는 순전히 글을 쓸 준비를 하기 위해서 힘이 필요하다는 이유로 혼자 순댓국밥집에 들어가 순댓국밥을 먹었다. 정말 그런 이유였다. 그때만큼은. 허름한 건물에 순댓국 세 글자의 허름한 간판을 달고 한 30년쯤 허름해온 것 같은 순댓국밥집이었는데, 맛도 허름할 줄은 몰랐다. 허를 찔린 기분. 소금을 뿌렸다가 새우젓을 넣었다가 다대기를 주문할까 망설였다.
어렸을 때 엄마가 따로국밥집을 차릴까 했던 적이 있다. 언젠가 따로국밥집을 한 적이 있다던 거였나. 아닌가. 추어탕이었나. 암튼 어디선가 들어는 봤는데 먹어본 기억은 없는, 그런 것이었다. 따로국밥은 국과 밥을 따로 주기 때문에 따로국밥이라던데 요즘 국밥집에서 국에 밥 말아주는 데가 있나, 하고 생각해보면 따로국밥을 따로 파는 집이 있는 것도 참 희한한데 세상에는 따로국밥보다 희한한 게 많으니까 따로국밥 정도는 가볍게 넘어가자.

나는 잠자리를 가리는 쪽이다. 이게 잠자리를 가린다고 꼭 집어 또 이야기하기는 어려운 것이, 나는 이사도 잘 다니고 여행도 잘 다닌다. 어쩌면 '남의 집'에서만 잠들기가 힘든 것 같기도 하다. 값을 치르지 않은 남의 집. 누구한테나 남의 집인 호텔 같은 데서는 잘도 자는 걸 보면 값을 치르는 남의 집에서만 잘 자는 게 아닌가 하는 생각이 든다. 내가 얻는 것은 무엇이든 값을 치르는 것이 편하고 세상에 공짜는 없다는 습관 같은 게 배어 있어서 값을 치르지 않고서는 도무지 마음이 불편한 게 아닌가 하고 생각하니 서글픈 기분이 되었다. 나는 공짜로 얻는 것에 익숙하지가 못한 사람이구나, 마음은 불행하고 머리는 자랑스러웠다.

그런데 나는 지금 무엇을 적으려고 했더라. 나는 팀탐을 바삭바삭 씹어 먹으며 내가 살을 좀 빼야겠다고 결심했던 걸 떠올리고는 결심도 바삭바삭 씹어 넘기고 나는, 지금 무엇을 적으려고 했더라? 어디를 가면 습관처럼 먹는 것들이 하나씩 생긴다. 그러니까 영국의 '소금과 식초 맛' 워커스 칩스, 호주의 팀탐, 라오스의 비어 라오, 이집트의 맥주 사카라, 어디서는 또⋯⋯. 매일매일 무언가를 먹었다. 그래서 그것들을 먹으면 그 나라가 생각났는데 그것들은 그 나라가 아니면 구할 수 없는 경우가 많아서 다시 그 나라에 가서야 그 나라가 생각나곤 했다.

어제는 장정일의 『너희가 재즈를 믿느냐?』를 읽으면서 버스에서 이리저리 뒤뚱 흔들렸는데 언젠가부터 뒤가 간지럽다 했더니 어떤 아주머니가 내 책을 함께 읽고 있었다. 이럴 수가, 하필이면! 장정일을 읽는 건 쑥스러워서 빈 휴대폰에 대고 친구와 장정일 작품론 비슷한 이야기를 나누는 척, 했다. 오랜만에 비평 용어를 다 쏟아부어가면서, 그나저나 아주머니는 어디부터 읽은 것일까.

나는 순댓국밥을 먹었다는 일기를 쓰려고 했다가, 순댓국밥처럼 이것저것 다 섞고 나니 이것저것 다 섞였다는 장정일의 재즈가 떠올랐고, 아뿔싸! 반납 기한이 지난 것 같다.

그러니까 나는 별로 한 건 없고 그냥 일기를 조금 오래 써서 몇 번인가 파워블로거에 선정되었는데, 오늘 보니 어떤 사람이 논문을 위해 나와의 인터뷰가 필요하다고 연락을 해왔고, 그래서 나는 또 잠시 생각해보니 나는 딱히 뭘 한 것도 없고 '파워' 같은 것도 개뿔 없어서, 이것참, 저는 딱히 파워가 있지도 않은데 귀하의 연구에 도움이 될는지 모르겠습니다, 하고 진심으로 답장을 보냈는데, 아무래도 쓸데없는 말을 덧붙인 것 같지만 쓸데없이 블로그에 일기를 많이 썼다고 책도 내고 했던 것을 떠올려보면 아무리 쓸데없는 짓이라도 오래하면 뭐가 되나보다, 깨달음을 얻었으니 약간 더 쓸데없이 떠들어대자, 라고 생각하자마자 조금, 덥다.

순댓국밥을 너무 깨끗이 비운 모양이다.

맛이 없으면 안 먹는 사람들이 많이 있는가보지만 나는 불평하고도 먹는 사람, 불평하려고 먹는 사람. 하루는 식당에서 밥을 먹는데 내가 별로라면서 이것저것 다 먹고 있으니까 친구가 맛없다고 하면서도 다 먹는다고 놀렸다. 내가 어깨를 으쓱해 보이며 대답했다.

"먹어봐야 맛없다고 할 수 있는 것 아냐? 넌 한입 먹어보고 맛없다고 안 먹나본데, 그건 맛없다는 말에 대한 예의가 아니지. 첫맛부터 끝맛까지 다 먹어본 다음에, 아, 이건 처음부터 끝까지 맛이 없었어, 하고 말할 수 있는 거라고."

오늘 순댓국밥은 머리부터 발끝까지 맛이 없었다.

우리는 익살을 사랑해

투셰.

나로 하여금 '투셰touche'라고 말하게 할 사람을, 오래 찾아 다녔다.

미국에서는 농담을 먼저 던졌다가 상대방의 반격에 되레 자신이 당하게 된 순간에 투셰, 라고 가볍게 인정한다. 허를 찔렸군. 나로 하여금 가뿐하게 이 정도쯤 인정하게 해줄 재치를 만나고 싶다.

나는 어렸을 때부터 누군가가 울고 있으면 같이 울어주거나 이야기를 들어주지 않고 그 아이를 웃기려 하곤 했다.

내가 가만히 봤지. 왜 저걸로 우는 건진 모르겠지만 일단 울더란 말이지. 그랬더니 옆에 있는 애들이 '울지 마' 한단 말이야? 그러면 더 우는 것 같더라고. 그래서 나는 우는 아이의 앞에 가서 우스꽝스러운 농담을 던졌지. 내가 현명하다고 생각했어. 그래서 말이지. 난 뭐 그냥 그렇고 그런 눈치 없는 애가 되어버렸지.

나는 종종 슬픔을 견디지 못했고 장례식장에서도 농담할 수 있는 사람이 되고 싶어. 자신의 묘비에 '우물쭈물하다가 내 이럴 줄 알았지' 정도는 적을 수 있는 센스가 있어야지.

내 책을 읽은 한 남자와 연애를 한 적이 있다. 그가 내 책에 대한 리뷰를 남겼다. 잘 팔리지 않을 것 같다고 했다. (나는 이 점이 특히 마음에 들었다.) 나는 물론 책이 잘 팔리기를 바라겠지만 한편으로는 아는 놈만 아는 맛집의 기운을 포기할 수가 없던 차였다. 유명한 덴 아닌데 뭐랄까, 특유의 맛이 있어요. 이런 느낌으로.
우리는 대부분 농담을 했다. 만남도 농담처럼 우습게 지나갔다.

언젠가 그가 가족여행을 떠난다는 날이었다. 자잘한 것들은 형수님이 챙길 테니까 신경쓰지 않아도 된다던 말에 내가 대꾸했다.

"게으른 도련님이네."

"도련님이니까."

그리고 우리는 동시에 말했다.

"소새끼네." "소새끼라서."

그가 물었다.

"소세키가 현해탄을 건너 이런 대접을 받게 되는 날이 올 거라고 상상이나 했을까?"

우리는 나쓰메 소세키도 상상하지 못한 대화를 나눈 것이다.

날이 좋은 하루, 우리는 한강에 앉아 있었다. 우리는 둘 다 커플룩을 견디지 못했고 날은 어지간히 좋았고 줄무늬 티셔츠와 줄무늬 티셔츠들이 잔뜩 붙어 나와 자전거 도로를 메우고 있었다. 줄무늬 티셔츠들은 꼭 2인용 자전거를 탔다.

"피카소가 알면 통탄할 노릇이야."

"그러게. 샤넬이랑 같이 술이라도 마시겠지."

피카소와 샤넬이 사랑한 스트라이프의 향연에서 우리는 다음에는 와인 한 병을 가져오자고 했지만, 당신도 예상하셨다시피 우리는 루비콘강을 건넜다. 건널 수 없는 강을 건너고야 말았어. 아무런 징후도 없던 아침에.

'바람이 많이 부네' 문자 메시지를 보내면 '그러게. 살아야겠네'라고 답장을 보내오는 남자와 연애를 하고 싶다.

그러나 우리에게 분 바람이 같은 바람은 아니었는지 한 달도 되지 않아 그는 떠났고 농담만 남았다.

"어떤 사랑은 왔다 가기만 해도 고마운 거래."
내 책에 나오는 구절이었다. 그는 독자로 돌아가겠다면서, 자신의 본분을 지키겠다는 사명이라도 갖고 태어났는지 내 책의 구절을 인용해서 나를 찼다.

투세.

인생이 이 정도 농담은 해줘야지. 이건 어떤 작가와도 불행을 겨눌 수 있어! 내가, 너 나 차라고 쓴 글이 아니다.
앞으로 글을 좀 조심해서 써야겠다.

두 편의 소설을 쓰고 있다. 하나는 내 문제로 쓴 자전적인 요소가 있는 소설이고 하나는 내가 경험해보지 못한 삶에 관해 어색하게 이어가고 있는 소설이다. 나는 자전적인 소설에서 썼던 문체를 가져다가 내가 경험해보지 못한 이야기에 넣으려고 기를 쓰고 있는 중이다. 내 인생도 나한테 농담을 하는데 그러고도 아무래도 나는 남의 인생에는 농담을 못하겠다.

내가 겪어보지 못한 아픔을 함부로 농담하면 안 돼. 소설이라는 걸 쓸 자세가 안 돼 있는 게 아닐까. 어쩌면 진정한 공감은 하지 못하고 한 발자국 떨어져서 연민하고 있었던 것이다. 내가 지금 누굴 연민하고 자시고 할 계제가 못 될 텐데.

연민이 나를 망쳤는지도 모르겠다. ㄱ은 내게, 소설을 쓸 때 지나치게 조심하는 것 같다고 했다. 그게 나로 하여금 '특별히 나쁘지는 않은데 특별히 좋은 데도 없다'는 말을 듣게 한 것이라는 생각이 든다. 나는 도무지 내가 경험하지 못한 불행에는 농담을 못하고 ㄱ은 내게 '우리는 똑같다는 윤리적인 접근법과 편견이 없었으면 좋겠다는 따뜻한 마음이 결과적으로 어떤 종류의 오해를 발생시키고 있다'고 엄청나게 다정하게 말했는데, 그건 그냥, 그 소설이 이도 저도 아니라는 말이었을 것이다. 나는 두려워했다. 나는 내 상처에 대해서는 천천히 열어서 그래도 이거 여기 진짜 웃기지 않아? 이렇게 생각해보면 이게 또, 인생이 재밌는 지점이라니까, 웃어버리고 싶으면서도 혹시라도 당신의 슬픔을 함부로 농담해버릴까봐.

적절한 농담.
농담 같은 건 타고나는 거다. 농담과 상상력은 기른다고 길러지는 게 아무래도 아닌 것 같아. 아무리 웃기려고 애를 써도 한두 마디만 들어보면, 아, 저 사람은 농담을 하는 DNA가 결여되어 있구나, 분명히 집에 가서 '웃기는 남자가 되는 101가지 방법' 같은 책을 읽는 게 분명한 사람들이 있지. 읽는 순간 우스운 남자가 되는 책들.

나는 아직도 무겁다. 죽음을 앞에 두고도 농담을 하고 싶어. 애니메이션 감독 곤 사토시는 병에 걸려 환각을 보면서도 '내 환각은 개성도 없구먼' 하고 관조했다는데 나도 내 죽음을 두고 농담을 하다 웃어 까무러치다 죽고 싶어.
농담이 우리를 살게 하지. 우리는 익살을 사랑해.

우리에겐 익살이 필요하다, 라고 카카오톡 프로필에 적어
놓았다. 농담을 찬양하고 우리는 건강해져서 우리의 삶을
웃어버려야지.

어제는 아버지의 유전자만 같은 오빠가 내게 말했다.
"아버지에 대해서 잘 몰라서 서운하냐. 그럴 거 없다. 우리
도 잘 몰라. 세 집 살림하느라 오죽 바빴어야지."
"그러게요. 바빴던 거 같아요. 그러니까 너무 바빠서, 나
한테 당신이 아버지라는 걸 알려줄 틈이 없었던 거죠."
어머니의 유전자만 같은 오빠의 새언니와 텔레비전을 보는
데, 복잡한 가정환경을 가진 소위 막장 드라마가 나오자 언
니가 말도 안 된다며 현실성이 너무 없다고 웃었다. 나는 손
가락으로 가만히 나를 가리켰다.
"산증인이 여기 있잖아요."

웃을 수 있어야 치유가 되는 건지, 치유가 돼서 웃을 수 있
는 건지 헷갈리긴 한다. 농담을 찬양하고 그러고도 농담은
나를 고민하게 한다. 어쨌거나 우리의 농담은 대부분 폭력
적이기가 쉽기 때문이지. 폭력적이지 않은 농담이란 말장
난 정도밖에 없지 않나. 나는 말장난을 찬양하지만 또다시

결국 근간은 폭력적인 게 아닌가 하고 나는 혼란스럽다. 우리는 멍청함에 대해 웃지. 정답이 아닌 것에 웃어. 건설적이든 그렇지 않든 낮추어 보지 않는 농담이란 게 어디 있단 말야. 하면 농담만이 아니라 웃음 자체가 어쩔 수 없지 않나. 낮추어 보지 않을 수 없지 않나. 가령 어린아이를 보며 미소를 짓는다고 하자. 우리는 아이가 우리보다 약한 존재이기 때문에 미소를 지을 수 있는 것이다. 자신보다 우월하거나 강한 아이를 보고 누가 웃을 수 있단 말야. 나보다 우월하고 힘이 센 세 살 먹은 아이라니. 두렵지. 나는 남자의 잠든 모습을 혼자 물끄러미 바라보다 내가 웃고 있다는 것을 발견할 때, 아, 나는 이놈을 사랑하는군, 느끼지 않을 수 없는데 이건 또 뭐가 다르단 말이야. 무력無力한 모습에서 미소 짓지, 무력武力한 모습에 어떻게 웃겠어.

'인간의 웃는 표정'에 대한 어떤 설을 읽은 적이 있다. 우리는 약한 존재라서 누군가가 나타나면 일단 입꼬리를 최대한 끌어당겨 어금니를 보이면서 상대를 위협할 준비를 하는데, 그러다가 상대가 자신을 해칠 존재가 아니라는 것을 알게 되는 순간, 안심하면서 입꼬리에 몰렸던 근육이 풀어져 미소라는 표정이 생겼다는 설. 출처를 밝히지 못해 심히 아쉽지만 이 정도는 그럴싸하단 말이지.

이렇게 말하고도 물론 나는 웃음을 찬양해. 이렇게 말했으니까 웃음을 사랑하지.

우리의 삶엔 익살이 필요하다. 우리는 가끔, 삶을 좀 우습게 볼 필요가 있다.

서사가 있어야지

"어떻게 만났어요?"

내가 또 이 서사에 연애를 몇 번 말아먹었지. 소설은 안 쓰고 소설을 '살려고' 해서 큰일이다. 나는 몇몇 무너져가는 인연의 꼬랑지를 붙잡고서는, 이러지 마, 우리에게는 이야기가 있어, 이야기는 쉽게 쓰이는 게 아니잖아. 매달리다가 정작 관계는 제대로 들여다보지 못한 인연도 제법 되지.

가령, 내가 그를 처음 알게 된 건 무라카미 하루키 팬카페였거든. 내가 무슨 글인가를 올렸고 그는 그게 마음에 들지 않아서 댓글을 쓰고 나는 또 거기에 댓글을 쓰고 마구 싸우다보니까 안 되겠다, 만나서 '현피'를 뜹시다. 이런 거지.

그래서? 만났지.

그런데 몇 년인가 뒤에, 언제부턴지 모르게 메신저에 등록돼 있던 누가 말을 거는 거야. 누군지 몰랐지. 그런데 대화를 하다보니 이거 물건이야. 재밌단 말이지. 그러다가, 어쩌다가 이런 이야기가 나왔는지는 잘 모르겠는데, 내가 '그럼 소개팅이나 해주시든지요' 뭐, 이런 이야기를 했거든. 저런 말은 내가 잘 하는 말이 아닌데. 일이 그렇게 되려고 그랬는지, 암튼 그런 말을 했더니 자긴 소개팅을 싫어한다는 거야. 소개팅은 자본주의 결혼시장에서 패잔병들이 만나 서로가 아군인지 적군인지 살피는 지난한 과정이고 어쩌고 그러더란 말이야.

뭐야. 너무 피곤해. 아니, 그렇잖아. 저런 농담은 그냥 사회적으로 넘길 수 있는 거 아냐? 그런데 왜 저렇게 따지고 드냐는 말이야. 세상에. 너무 찌질하잖아? 완전 내 타입이었던 거지. 그래서 내가 '잡았다, 요놈!'의 느낌으로 말했지. "그럼 저랑 연애를 하시든지요."

아니, 글쎄. 알았다는 거야.

"그럼 우리, 연애를 하기로 했으니까 얼굴이나 한번 봅시다."

그래서 우리가 그날 저녁에 만났단 말이지. 그가 차문을 탁 여는데, 아, 세상에나. 너였구나.

그는 알고 있었더라고, 그게 나였다는 걸. 몇 년 전부터 줄 곧. 그렇게 된 거지. 그렇게 우리는 한 8년쯤 만나거나 헤어 졌지.

가령, 따뜻하고 소란스러운 나라에 갔어. 차는 덜덜거리고 밤에는 멀리서 하이에나가 우는 나라, 1년이 13개월인 나 라에 간 거야. 나는 12월을 지나서 비행기를 탔는데 아직 13월인 나라에 있었던 거지. 자기만의 언어로 노래하고 엉 덩이가 큰 여자들이 춤을 추는 나라였지. 나는 며칠 전 유 럽에서 건너온 참이었고 약간 지쳐 있었어. 그날은 살아 있 는 화산을 보고 온 날이었거든. 세상에나, 활화산이라니. 믿을 수 있겠어? 지구가 이제 만들어지고 있다는 기분이 들 정도였다고.

콜드플레이가 들렸어. 아무리 봐도 그럴 리가 없는데, 당나

귀가 내 옆으로 어슬렁거리며 지나가는 동네였다니까. 타투 가게었어. 망설였지. 브라이트 아이스가 들렸어. 홀리 콜이 노래할 때쯤엔 그냥 들어가버렸지. 톰 맥레이가 나올 때쯤엔 나는 벌써 타투를 새기고 있었던 거지.

물론 고작 콜드플레이에 그럴 수 있냐고 생각할 수도 있는데 말이야. 그러니까 그래봤자 누구나 다 듣는 브라이트 아이스일 수 있는데 말이야. 내 아이폰에는 40기가가 넘는 음악이 들어 있으니까 40기가 중에 몇 곡이야 대단한 게 아니잖아. 그렇지만 당나귀가 수레를 끄는 나라였다니까. 난 방금 화산을 보고 돌아온 뒤였다고. 세상이 새로 탄생하는 모습을 봤단 말이야.

우리는 세계를 여행하는 상상을 했어. 현실적일 수 없는 이야기를 나눴지. 나는 나의 구원자를 만났다고 생각했지. 하지만 어떤 구원이 철자 하나라도 제대로 닿았겠어. 그렇지만 그땐 그렇다고 믿는 것들이 있잖아.

가령, 내가 책을 내고서 말이야. 나는 책이 탁 나오면 그렇게도 마음에 안 든단 말이지. 아, 결국 내가 이걸 썼어. 쓸 때야 신나서 써재끼고 하지, 막상 책이 나오면 아, 이젠 끝이다. 어쩔 수 없이 저질러버렸어. 돌이킬 수 없다. 이런 기분으로도 설레고 수치스러워서 책 제목으로 검색도 해보는데 내 농담을 다 알아듣고는 내 글을 좌르르 베껴놓은 글을 본 거야. 포인트를 정확하게 알더라고. 나는 헤벌레해서는 얼레벌레 댓글을 달았단 말이지. 그걸로 그날 저녁 무려 다섯 시간에 걸친 통화를 했지. 아는 사람은 알 거라고 믿는 나의 취향. 그는 부산에 산다더군. 하필 서울 – 부산인 거야. 분단 이래 최대 거리인데 그렇게 통화를 하고도 아무래도 만나기는 쉽지 않잖아. 그러다가 며칠인가 지나고 내 저녁 수업 일정이 갑자기 취소된 거야.

내가 문자 메시지를 보냈지.

　　–　오늘 저녁. 맥주?

부산행 첫 비행기는 그렇게 탔지.

끝은? 당신이 아는 대로. 그는 하던 대로 '독자'가 되겠다며 떠났고 그는 정말로 충실한 독자가 되기로 한 모양이야. 내가 연애만 안 했었어도 상이라도 줬을 텐데. 10년 넘는 내 블로그 인생 최고로 성실한 독자가 되어서는 블로그에 새

글을 올릴 때마다 왔다가더라고. 난, 또, '미련미련 파워'가 굉장하잖아.

대체 블로그는 왜 오는 건데!

이런 찌질한 질문, 쉽지 않다, 너? 나는 그걸 좀 물어봐야겠다고 글쎄, 이태리를 갔어. 그는 그새 이태리로 가버렸거든. 만나러 부산에 갔다가 차이러 이태리에 가다니. 이 정도 서사는 있어줘야지. 이게 몇십만 원짜리 질문이냐, 하고 나에게 감탄했지.

뭐라더냐고?

못 물어봤어.

좌뇌형 인간 우뇌형 인간

내 책상 스탠드에는 세 가지 버튼이 있다. 언어, 수리, 창의/ 휴식. 언어는 흰빛에 약간의 주홍빛이 섞여 있고, 수리는 흰 빛이 강해 약간 푸른빛이 돌고, 창의/휴식은 주홍빛이다. 나는 글을 쓰려고 책상에 앉으면 스탠드의 어떤 불을 켜야 할지 고민하곤 한다. 그러다가 아무 기능이 없는 다른 스탠 드를 켠다. 정말로 고민이 돼서.

가끔 TV 프로그램 같은 데에 논리적인 좌뇌형인지 창의적 인 우뇌형인지 이성적인 좌뇌형인지 감성적인 우뇌형인지 뭐 그런 것을 나누어 사람을 정의하는 걸 볼 때가 있다. 이 런 것도 어쩐지 혈액형에 따른 성격 분석 같은 걸 보는 거랑 비슷한 기분이어서 내 얘기다 하고 보면 다 내 얘기 같기 마런이다. 누가 첫 만남에서 혈액형을 물어보면 어쩐지 배배 꼬아서 바디바바디바 혈액형이요, 톡 쏘아주고 싶은 생각이 있다. 어쭈, 지금 나를 혈액형 따위로 판단하고서 나에 대해 다 아는 것처럼 굴겠단 말이지? 자, 그럼 이 카드를 받아봐라! 같은 기분이랄까.

그 정도로 놀려주고 싶으면서도 어쩐지 '어? 그런가?' 하면서 남몰래 심리 테스트 같은 걸 해보기도 하는 전형적인 소시민이라서, 그러면 어쩐지 글 쓰는 거랑 관계있는 성향 같은 게 나왔으면 좋겠다고 소박하고 유치한 생각도 해보는데, 또 그러고 보면 이게 대체 어떤 성향이 나와야 하는 건가 말이다. 언어를 쓰는 건 논리력인데 글을 쓰는 건 창의력도 된단 말이지. 난 어디에 속해야 하는 거지?

혼란스럽다가 금세 때려치운다. 어차피 인간에게는 누구나 그런 특성이 고루고루 있다고 생각하기 때문에 좌뇌형이니 우뇌형이니 나누는 게 아무래도 너무 단순화한 거 같고, 논리와 창의력을 이분법처럼 나누는 건 아무래도 현대의 사고방식일 뿐이라고 생각하면서도,

아, 어쩐지 고민하게 돼.

오늘 처음으로 '좌뇌형 우뇌형 테스트'라는 인터넷에 떠돌아다니는 페이지로 테스트를 해봤다. 결과는 '균형잡힌 좌우뇌!'라고 나왔다. 내 이럴 줄 알았어.

싱거워, 싱겁지.

오늘 스탠드를 켜려다 보니까 수리의 흰빛과 창의/휴식의 주홍색을 섞은 것이 언어 버튼이었다.

소녀시대한 글쓰기

1.

동기에게 연락이 왔다.

"책 아직도 안 냈냐."

"응. 대신 라파르그를 읽고 있다."

"라파르그가 너 그런 데 쓰라고 낸 책이 아닐 텐데."

난 요즘 『게으를 수 있는 권리』를 읽고 있다.

"박리다매의 삶을 꿈꾸자."

"그러기엔 난 너무 게을러터져서 안 돼."

"대충 빨리 많이 쓰는 게 자본주의사회에선 짱인 듯."

그러기엔 난 너무 게을러터져서 안 되겠지. 나는 지금 대충 빨리 쓴 것 같은 이 글을 세번째 고쳐쓰고 있는 중이다.

2.

병원에 다녀왔다. 아프기 위해. 병원에서 두 시간의 검사를 받고 설명을 듣고 앉아 있으니 의사 아저씨가 나의 곳곳을 샅샅이 아프게 했다. 전장·척추·전신 정밀 엑스레이 검사, 전신 정밀 3차원 체열 스캐닝 검사, 동적체 평형 검사, 전신 체형 분석 검사. 나는 어떤 사랑도 이렇게 받아본 적은 없는 것 같다. 우리는 병원에 간다, 아프기 위해.

아픈 데가 막 생긴다.

신기한 노릇이다. 의사들의 소견은 정치보다 복잡할 뿐더러 신앙보다 확고하다. 그런데도 병원을 갈 때마다 병명이 바뀐다. 병명이 어떻게 바뀌든지 나는 문제야. 왼쪽 어깨가 7밀리미디 정도 올라가 있는 게 보이죠? 심하지는 않지만 여기에 문제가 있네요. 발이 약간 평발이네요. 심하지는 않지만 여기에도 문제가 있네요. 골반이 약간 틀어져 있고 오른쪽 근육이 더 많이 발달했네요. 심하지는 않지만 여기에도 문제가 있어요. 심하지는 않기 때문에 운동 치료, 근육 치료, 물리 치료를 주 3회 병행해야 한다고 했다. 나만 보면서 오로지 나에 대해 이야기하더라도, 결국은 '사랑해'라는 같은 단어로 말할 수밖에 없는 우리처럼 쓸쓸해진다. 앞서 검사를 받은 아줌마도 심하든 안 심하든 운동 치료, 근육 치료, 물리 치료를 주 3회 병행해야 하고 30회를 한꺼번에 끊으면 340만 원이었겠지.

3.

병원 직원들은 미용실 아줌마처럼 친절했다. 검사를 하나씩 받을 때마다 나에게 말을 걸었다. 엑스레이를 찍을 때 책을 들고 들어갔더니 "책을 좋아하시나봐요?"부터 시작해서 어찌나 다정하게 말을 걸던지. "결혼하셨어요?" 물어볼 때는 나한테 구혼이라도 하려는 것 같아 설렐 뻔했다. "임신 가능성이 있나요?"라고 묻기 전까지만.

다른 칸으로 옮겨가서 무슨 〈스타워즈〉에 나올 것 같은 기계에 들어가 근육 사용 부위와 양을 측정하는 중이었는데, 다리에 타투가 매력적이시네요. 심지어 홀딱 벗고 걷는 모습을 촬영하는 데에서는 어머, 발이 정말 작네요, 부러워요. 전 발이 커서 구두 사기도 힘들거든요.

검사를 위해 하나의 방에 들어갈 때마다 준비된 NPC가 퀘스트를 깨고 온 용사에게 말을 거는 느낌이랄까.

마지막 의사 면담 때는 "약간 평발이네요, 심하지는 않지

만" 하시길래 "아, 그럼 군대는 면제인가요?" 하고 까불었더니 여자는 원래 군대 안 간다고 친절하게 알려주셨다. 어쩐지 마지막 미션을 실패한 느낌.

4.

자세 교정 치료를 받기로 했다. 세 살 버릇 여든 간다고 이래서 어렸을 때 엄마 말 잘 들어야 하는 건데. 허리를 펴고 걸어라. 어깨를 펴고 앉아라. 코딱지 파먹지 마라.

엄마는 내가 25년이 지나서 허리를 펴고 앉기 위해, 이젠 앉아 있는 것도 아파서 병원까지 다니기 시작한 걸 알면 뭐라고 할까. "거봐. 엄마가 말했지?" 뭐 그러지 않을까. 엄마들은 원래 '거봐'라고 말하기 위해 속주머니에 항상 어퍼컷 하나쯤 준비하고 있는 것 같으니까.

작업을 하면서도 의식적으로 허리를 펴려고 하는데 한 1분도 지키지 못하는 것 같다. 한 네 시간 정도 한 번도 일어나지 않았고 열여섯 시간을 같은 카페에서 작업했다. 이러려고 내가 그렇게 기를 쓰고 직립보행을 배웠나 한탄했다.

자식새끼 책상에 앉아 있다고 공부하는 거 아니듯 열여섯

시간 동안 카페에 있었다고 열여섯 시간 동안 글을 쓴 건
아니다.
글은 엉덩이로 쓰는 거라던데 난 그냥 엉덩이만 쓴 것 같다.

5.

그래도 7년 만에 소설이라는 걸 썼다. 정확하게 말하자면
완성이라는 걸 했다. 얼마 전부터 소설 워크숍에 다니기 시
작했다. 대학에서 배운 걸 다시 배우고 있는 기분인데, 강사
가 대학 선배여서 더 그런 것도 같은데, 정말 교수님의 말씀
이 음성지원 됐다. 작게 써라. 더 작게.

첫 수업 때 무엇을 쓰려고 하느냐는 설문지에 이렇게 대답
했다. '끝'이라고 써보고 싶습니다.
수업료는 건진 셈인가.

6.

합평 전에는 '왜 썼는지'라든가 하는 자기 소설에 관한 이야
기를 해야 한다. 그러면 나는 '간지나게' 딱 한마디만 하려
고 했다.

"그냥 열심히 썼습니다."

열심히 안 쓴 것 같다. 간지 못 나겠다.

7.
내가 꼭 하고 싶은 말이 있었는데, 그래서 난 이 소설을 쓴 건데 지금까지 들은 바로는 보여준 사람마다 하고 싶은 말이 드러난 그 부분을 빼는 게 좋겠다고 했다. 난 오랜 시간을 들여 꼭 그걸, 말하고 싶었는데.

꼭 고친 답은 틀리고, 정말 하고 싶은 말은 못하게 마련이고, 긴장하면 더 못하고. 변명이라도 해보고 싶지만 사실 그냥 잘 못 쓴 거지.

학창 시절, 한 동기가 교수님에게 여쭈었다.
"교수님, 이런 걸 소설로 써도 될까요?"
교수님이 말씀하셨다.
"잘, 쓰면 된다."

잘 쓰면 팥으로 메주를 쒀도 된다. 그렇지만 우린 어차피 콩으로도 메주를 못 쑬 인간들.

8.

예전부터 책을 내고 싶었던 출판사에서 함께 책 작업을 하자는 연락이 왔다. 심지어 몇 년 전에는 원고를 보냈다가 되돌려받은 적도 있었다. 중학교 때 얼렁뚱땅 시집을 내겠다고 출판사를 무턱대고 찾아간 이후 처음이자 마지막 퇴짜였다.

잘해보고 싶다는 마음이 커서, 아무것도 못 쓰고 있다.

첫사랑과 첫날밤을 보내는데 발기가 되지 않는 남자의 기분이 뭐 이 비슷한 것 아닐까. 성스러워, 함부로 발기할 수 없지!

9.

모렌가 또 술 약속이 있다. 대학로. 누구를 만나면 대충 홍대, 이대, 신촌, 대학로에서 만난다. 진리의 상아탑이 술 취하고 있다. 조만간 피사의 사탑이 될 것 같다.

10.

별 할말도 없이 열 개를 꼭 채우고 싶었다. 소녀시대 같은 글.

이렇게 말을 많이 했는데! 하나는 걸리겠지.

너는 거짓이다

"What are you thinking about?"
그에게 물었다.
"How can I save you."
그가 대답했다.

그 말이 좋았는데, 이게 정말 의문문이었다는 건 나중에야
알았다. 그는 정말로 'how'를 몰랐던 것이다.
'구원' 같은 단어가 아직도 사전에 실려 있는 게 의아한 시
절을 살면서 구원은 도무지 질척질척해졌고 나는 어떤 슬
픔도 농담할 수 있어야 한다고 오랫동안 우울을 비꼬았지
만 그래도 '구원'을 발음하는 사람과 함께 술을 마시고 싶
다. 시끌벅적한 안주는 없어도 괜찮겠다.

언어 속으로 사라진 기억들

나는 사소한 것들을 꾸준히 적어왔다. 짧게라도 일기를 쓰고 밀려서라도 가계부를 쓴다. 누구와 어디에서 얼마를 썼는지 기록하기 때문에 친구 이름만 검색해도 그와 얼마를 썼는지가 나온다. 순기능인지 역기능인지 알 수 없지만, 그러다보니 나중에 보면 죄다 나만 산 것 같다. (얻어먹은 건 가계부에 안 쓰니까요.)

이건 어린 시절 길러주신 이모의 습관이었다. 껌 하나를 사줘도 '고연주 껌 300원' 하고 적혀서 내가 온통 빚더미에 앉은 것 같은 기분이 들었다. '나는 커서 저렇게 하지 말아야지' 결심한 채로 '아무개 물 500원' 하고 적은 지는 십몇 년이 지났다.

꼭 저러지 말아야지 하는 것만 닮게 되는 법이다. 물론 그게 빚에 관한 것이 아니라는 것 정도는 안다.

박초초/홍대 짜장면집/5,000원.

이건 기억에 관한 일이지. (심지어 내 가계부는 절약에 관한 일도 아니다.)

나이가 들면서 시간이 빨리 가는 것처럼 느껴지는 건 인생에 도무지 새로운 기억이 없기 때문이라는 이론을 읽은 적이 있다. 그날이 그날 같아서. 우리의 기억은, 비슷하거나 같은 것을 한데 묶어서 하나로 처리하고 새로운 것만 기억하는 거라서, 새로운 일이 하나도 없다면 기억할 게 별로 없으니까. 어렸을 땐 세상 그렇게 신기한 게 많아서 다 처음이니까 기억할 게 많아서, 우와, 오늘 한 게 이만큼이야, 시간이 이만큼 지났네, 했겠지만 나이를 먹으면 이제 뭐 세상에 알 거 모를 거 다 알고 놀라운 것도 새로운 것도 줄어드니까, 어제 말 안 듣던 자식놈은 오늘도 비슷하게 개차반이고 우리 회사 부장님은 어제와 마찬가지로 꼰대라서 딱히 기억할 게 없으니까, 어머, 한 것도 없는데 시간이 지났네. 어머, 한 것도 없는데 나이를 먹었네.

나는 이 이론에 대해 읽기 전부터 공감했다. 아무것도 적지 않으면 시간이 날아가버려. 기록이 없는 시간을 반성하곤 했다. 누구를 만났고 어디를 갔고 몸무게는 얼마고 술은 먹었고 안 먹었고 어떤 책을 읽었고.

뭐라도 써야 살아냈다는 느낌이 든다.

편지 같은 것을 보관하는 건 말할 것도 없고 메일이나 메신저 대화도 백업해둔다. (역시 다시 말하지만 이건 기억에 관한 일인데 어쩐지 말싸움할 때만 자꾸 유용하다.) 얼마 전 초등학교 동창을 만나 그녀가 보낸 크리스마스카드며 쪽지 따위를 보여주었다. 카드는 상냥했고 쪽지는 예의발랐다. (우린 정말 하나도 안 친했나봐.)

가끔씩 지난 대화나 편지 같은 것을 뒤적거린다. 내가 기억하지 못한 것들을 찾아내면서, 어쩌면 나는 기록을 하면서 약간씩 기억을 잃기도 한 것 같다.

어지간한 것들은 죄다 적어두기 때문에 굳이 기억하려는 노력을 안 한달까. 적는 순간, 자 이제 이건 스테이지 클리어. 클리어 하면서 날아간 기억들. 나중에 메모를 봐봤자 그건 그 순간의 나, 그러니까 그걸 적던 내가 해석하는 감정이 아니지.

내가 어느 순간을 탁, 찍으면 그날의 온도, 습도, 풍향, 공기의 냄새, 입은 옷의 질감 같은 것들을 다 잡아 오감을 그대로 느끼게 해주는 카메라가 있으면 좋겠다고 생각한 적이 있다. 그런데 이게 또, 그러고도 역시 아무래도 '나'는 끊임없이 달라지니 결국 다른 기억이 아닐까나. 정말 붙잡아두고 싶은 순간은 어떻게 해야 하지.

좋은 방법 있으면 공유 바랍니다.

창작과 비난

나는 대학에 들어가길 참 잘 했다고 몇 년을 두고 생각했다. 학교도 날 뽑기를 참 잘했다고 생각했으면 좋겠는데 이런 짝사랑은 결코 이루어지지 않지. 성실하지는 않았다. 열심히는 했다. 너무너무 게을러서 두 시간짜리 수업을 결석하기 위혜 정말 열심히 여섯 시간에 걸쳐 리포트를 써낸 적도 있다.

수업을 듣고 눈물이 난 적도 있었다. 나 모르는 데서 사람들이 이런 걸 다 알고 있었다니! 내가 고민했지만 언어로 표현하지는 못했던 것들이 이미 이론으로 정립되어 있었다. 심지어 기원전 5세기에 다 끝난 담론도 있었지! 당시의 감정은 과장하지 않을 수 없다. 구원과 질투.

학교에 들어가기 전에는, 누군가와 책 이야기를 하려면 내가 친구에게 줄거리까지 다 알려주고 나서 난 이 부분은 이렇게 생각해, 하고 말해야 했는데. 학교에 가니까, 내가 어떤 부분을 이야기하면 애들은 이미 그 작가의 다른 작품들까지 다 읽고 그 작가의 친구라는 (대체 친구인 건 어떻게 아는 거야?) 누구의 작품까지 다 읽어서는 이게 문학이니 예술이니, 나는 네가 예술이랍시고 지껄이는 게 마음에 드네 안드네. 이 부분은 이렇게 썼으면 더 좋았을 것 같다느니, 그러나 그걸 네가 쓰면 그렇게 좋지는 않을 거라느니. 이게 말이야 똥이야.

대학이란 덴 좋은 데구나.

일주일에 단편을 대여섯 편 장편을 두어 권 읽고, 리포트가 대여섯, 영화도 봐줘야 하고, 시험 기간이 되면 시험 말고도 소설이 한 편, 시가 다섯 편에 매일 묘사 일기도 써야 하고, 수필이 한 편, 비평도 써야 하고, 중간중간 도무지 나 혼자만 하고 있는 것 같은 조별 발표도 몇 번, 대체 교수님들은 내가 안 읽은 작품들만 어떻게 그렇게 잘 골라내시는지 엄청나다고 생각했는데, 그냥 내가 책을 안 읽는 애였던 거였어.

22학점 정도 들었으니까 대략 여덟 과목 정도 들었던 것 같은데, 아니, 어떻게 여덟 과목이 빼놓지 않고 과제가 있지?
간혹 수업 전에 책을 안 읽어온 애들을 보면 교수님이 말씀하셨다.
"문창과 다니면서 일주일에 책 한 권 읽는 게 어렵습니까?"

교수님, 저희가 교수님 수업만 듣는 건 아닙니다.
이마에 이렇게 써붙이고 가만히 고개를 젓고 싶다.
봐주세요, 쌤.

합평은 절대로 봐주시는 법이 없었지. 우리의 글을 제대로 봐주셨기 때문에 아무리 봐줘도 그 정도가 봐주신 것이었다든지.

어느 날 누군가 쓴 시를 보시더니 교수님이 물었다.
"너, 이건 왜 썼니?"
'이건 왜, 써, 언, 니?' 우리를 얼어붙게 만드는 6음절. 당황한 학생이 대답했다. 책을 읽었는데 그 책이 인상 깊어서, 동화를 모티프로 한 시였다. 교수님은 바로 앞에 앉아 있던 다른 학생에게 물었다.
"얘, 책을 읽고 쓰는 건 뭐어니?"

꼭 끝을 길게 늘여 또박또박 발음하셨다. 우리를 긴장하게 하는, 마법의 1음절을 2음절로 발음하기 질문법. 앞에 앉은 학생이 당황하면서 더듬어 대답했다.

"도, 독후감이요?"

"그렇죠오? 독후감이죠오? 다음엔 시를 써 오세요."

또 어떤 학생은 설명적인 진술이 일색인 시를 써 왔던 모양이다. 교수님은 한 줄 한 줄, 빨간펜으로 그어가며 말씀하셨다.

"이건, 설명, 이건, 설명, 이, 건, 설명! 이건, 설명. 시는 대체 언제 쓸 거어니?"

우리는 도무지 남 일 같지 않아서 각자의 시를 생각했다. 나는 대체 언제 시를 쓸 수 있을까. 사실 교수님의 진짜 마법의 문장은 딱 4음절이다.

"시를 써 와."

지금이야 웃자고 쓰는 거지만 오해가 없기를. 합평에 앞서 교수님은 충분히 우리에게 가르쳐주셨고, 이후에는 왜 시가 될 수 없는지, 혹은 어떻게 쓰면 좋을 것인지, 당연하게도 열정적인 수업을 하셨다. 교수님을 존경하지 않는 학생이 드물었을 것이다. 그 교수님의 수업에 결석을 하는 건, 죽도록 아프거나, 집에 우환이 있거나.

글을 포기했거나.

합평은 수업이 끝나서도 이어졌다. 우리 스터디 이름은 '창작과 비난'이었다. 예술이 어쩌고 글을 쓰는 게 어쩌고, 그건 그렇게 읽으면 되네 안 되네, 대화를 하다가 몇 가지씩 몰래 받아 적고서는 원래 읽었던 책이었던 척, 하는 건 금방 힘들어져서 그냥 곧 고백하고 읽기로 했다.

타인의 열정에 기가 눌린 적도 많다. 새벽 세시에 누군가 문을 두드리는 소리에 나가보니 한 동기가 "너, 글을, 그렇게 쓰면 안 돼" 술에 취해 있었다. 나는 그 일을 두고두고 놀렸지만 사실 그건 약간의 자부심도 배어 있었을 것이다. 모두들 그런 것들에 침잠해 있었다. 술을 마시다가도 소설을 쓰러 가야겠다고 일어서던 놈들은, 많지는 않았지만 있기는 했다.

그게 나는 아니었지.

더 열심히 할걸, 하고 후회해봤자 그때의 내가 할 수 있었던 것과 지금의 내가 할 수 있는 것은 달랐을 거다. 맘고생도 많이 하고 몸고생도 많이 했지. 일하랴 학교 다니랴 그 와중에 방학 때면 외화 낭비도 하랴 바빴는데, 이건 내 주변 누구한테도 힘들었다고 생색을 못 낸다. 애들은 어떻게 그런 것들을 다 했을까. 어떻게 그러고도 그렇게 열심히 썼을까. 독한 놈들.

그렇게 독한 놈들이랑 친구해도 되는 걸까. 담배 끊은 놈이랑은 친구도 하지 말라던 어린 시절의 명언이 떠오른다.

스터디에선 많은 걸 배웠는데 특히, 비난에 대처하는 법. 언제였더라. 충분히 사유하지 않은 것처럼 보이는 주제였던가, 지나치게 상투적인 주제였던가, 그랬을 것이다. 같이 스터디를 하던 친구가 말했다.

"이건, 지금 내가 복도에 나가서도 쓸 수 있겠어요. 내가 지금 써갖고 와볼까요?"

돌고 돌아 나는 나중에 그 친구에게 말하게 된다.

"어? 이거 내가 오늘 아침에 똥 싸면서 생각했던 건데! 똥을 쌌으면 물을 내려야죠, 그걸 그냥 묻히고 나오면 어떡해요."

우리는 낄낄거리며 와자지껄했다. 한번 합평을 하려면 몇 시간을 준비해야 했다. 창작과 비난은, 결코 비난이 아니라 창작이 먼저 와야 하니까. 소설을 두 번은 읽고 어디가 좋은지, 어째서 아쉬운지, 인물은 왜 여기에서 이렇게 행동을 하는지, 이론 책을 뒤적거리고 도움이 될 만한 다른 소설을 찾아내고. 함께 고민했다.

어쩌면 우리는 우스꽝스럽게 서로를 풍자했기 때문에 집에 가서 차분하게 생각해볼 틈이 있었던 것 같기도 하다. 진지하게 말했더라면 더 상처받는 것들이 있는 법이다. 특히, 글이잖아. 누가 나한테 수학을 못한다고 하면 '아, 나는 수학을 못하는구나' 싶지만 글이잖아. 내가 부정당하는 느낌. 타과생들이 우리 과 창작 수업을 듣고서는 울고 나갔다가 다시는 돌아오지 않았다 하는 소문이 있었다가 사라졌다. 소문은 '소문의 자격'을 품고 부풀려졌다가 왜곡되었다.

몇 가지 소문들.

하루는 어떤 삼십대 후반의 결혼하지 않은 언니가 역시 삼십대 후반의 결혼하지 않은 여자의 삶에 관한 다소 감상적인 소설을 썼더란다. 그랬더니 십대 후반의 다른 학생이 이런 말을 했다고.

118

"일기는 싸이월드에다 쓰세요."

이건 '우리끼리 알아들을 수 있는' 성질의 것이었다. 따옴표 치고 말해야 하는 것들. 우리는 저런 말을 듣기 위해 합평 패널에게 음료수를 사다 바치기도 했다. 대부분은 패널이 임의로 정해지는 것이었지만 몇몇은 일부러 부탁을 하기도 했다. 우리는 웃거나 울었고, 웃었거나 울었거나 술을 마시러 갔다.

창작과 비난, 에서 어떤 이는 창작을 읽었고 어떤 이는 비난을 읽었고 나는 창작적인 비난만 온통 읽었지만 나는 아무것도 뉘우치지 않으련다.

엄마가 한때는
문학소녀였단다

내가 요즘 생각하는 것들.

소설을 쓰는 것. 파리에 가는 것. 가르치는 학생들이 수능
시험을 잘 치르는 것.

여기에는 중요도의 차이가 있는가 하면 그런 것 같기도 하
고 아닌 것 같기도 한데 어떻게 보면 다 연결되어 있는 것이
기 때문에 별다른 차이가 있을 것 같지도 않다. 사랑하는
것, 살아가는 것. 어쨌거나 조금 더 솔직해지자. 나는 어쩌
면 소설을 쓰는 것과 파리에 가는 것을 우위에 두고 있을
지도 모른다. 두 달 전, 모의고사를 못 본 학생이 나에게 말
했다.

"죄송합니다."

아이의 말을 듣자, 나는 확실히 일을 좀 그만두어야겠다고 생각했다. 네가 나에게 죄송할 게 아니었다. 일은 할 만큼만 했다. 그게 문제였다. 일정에 맞춰 진도를 나가고 내가 지치지 않을 만큼 아이들을 닦달했다. 이런 마음으로 계속 일을 할 수는 없다마는, 어쩌면 핑계에 지나지 않을 것이다. 나는 그보다 오래전에 파리행 티켓을 사두었으니까.

소설을 쓰는 것과 파리에 가는 것을 생각하는 건 설레고 차가운 일이다.

소설을 쓰기 시작한 건 3월부터였을 것이다. 그동안 이래저래 생각만 많고 발화되지 못한 인물들이 메모 곳곳에 남아 있다. 지금은 10월이다. 그동안 3.5편의 소설을 썼다. 하나를 고쳐썼는데 완전히 다른 소설이 되었기 때문에 3.5편이라고 하자. 다른 두 편은 고칠 엄두조차 내지 못하고 있다. 나는 나를 책망할 수밖에 없다. 어이쿠, 죄송합니다. 그런데 내가 누구에게 죄송합니까. 누구에게 죄송한지도 모르고 어쨌거나 죄송합니다만,

소설이라굽쇼?

함께 스터디를 하는 남자가 말했다.

"이번 소설은, 이야기를 끌고 가는 힘이 있어요. 난 연주씨 그게 참 부럽더라. 근데 음, 한 4페이지 정도부터 좀 지루하더라."

그거 30페이지짜리였는데요.

이야기를 끌고 가는 힘은 있는데 초반부터 지겨워지는 소설을 쓴 것에 대해 생각한다. 와, 능력이네. 지루한데 이야기를 끌고 가고 있어. 살아가는 것에도 마찬가지지. 끌고 가는 힘은 있는데 자주 지루해. 재미는 있는데 매력은 없어. 내 소설은 내가 절대 되고 싶지 않았던 조강지처, 나는 바람피우기 좋은 소설을 쓰고 싶었는데 결국 곰 같은 마누라를 썼어. 뭔가 자꾸 힘들고 그래도 지겹게 꾸역꾸역 살아내지.

"뭐랄까. Something이 없는 느낌이라고 해야 되나. 그러니까 그런 거 있잖아요. 소설은, '밀당'이 있어야죠. 그냥 이렇게 쭉 쓴다고 되는 게 아니라."

내가 30년 넘게 남자랑도 못 한 걸 소설이랑 할까보냐!

'문학적 형상화'와 'Something'에 대해 고민한다. 어디까지가 문학이고 어디서부터 잡문이지, 어떤 건 수필의 문장이고 어떤 건 소설의 문장이지. 왜 어떤 건 되고 어떤 건 안 되는 거지. 미학은 어디에서부터 어디까지 생겨나는 거지, 무엇이 아름답지?

왜 나한테 아름다운 것이 당신에게는 도통 아름답지가 않고 당신에게 아름다운 것이 왜 나에겐 아무렇지 않은 거지.

아무리 노력을 해도 될 놈은 떡잎부터 다른 법이지. 난 떡잎부터 안 되겠어. 어떻게 어떻게 노력을 해서 등단까지는, 안 될 놈이 될 수도 있다고 생각하는데, 그래서 그뒤엔 어쩔 건데. 어떻게 어떻게 노력을 해서 등단을 하면? 청탁을 목빠지게 기다려서, 글을 쓸 때는 또다시, 이번이 마지막이다, 이번에 망하면 진짜 망하는 거다, 라는 심정으로 또다시, 한 편을 쓰고 또다시 '정말 잘된다면' 이렇게 평생을 살아야 할 거라는 생각을 하면,

에라, 모르겠다. 난 될성부른 떡잎이 아니니 조금만 해보자, 하는데 아직 몇 달 안 돼서 그런 걸 거다. 어디에도 딱히 투고해본 적이 없으니까 좌절도 없고 언제나 미래는 장밋빛,

나는 볼 줄 아는 눈도 없어서, 그래서 가끔씩 내가 아름답고 그래.

저도 한때는 미인이었죠, 나 같은 여자가 미인이던 시절에. 빌렌도르프의 시절 즈음에서 오늘도 지지부진한 문장을 끌고 가고, 쓸 때마다 일회일비하지 말고 꾸준하게 가자던 은의 말에도, 나는 아무래도 안 되겠어. 그냥 이렇게 일회일비하면서 평생을 살지 않을까. 등단을 하든 안 하든 쓸 때마다 일회일비하지 않을까. 아주 오랫동안 게으르면서 그래도 놓지는 않다가 주부 창작 교실에서 글 좀 쓰는 여자가 돼서는 "어머, 고여사님은 어쩜 이렇게 글을 잘 쓰세요" 하는 소리를 들으면서 집에 가서 밥하다가 딸이 오면 "오늘 엄마가 말이야. 이 유, 이거 꼭 내 입으로 내 자랑하는 거 같은데, 사실 엄만 진짜 모르겠어. 엄마가 볼 땐 어디가 잘 썼는지 모르겠는데, 사람들이 그러더라고" 그때까지도 등단은 포기하지도 않으면서 그렇다고 뭘 쓰는 것도 아닌 채로 "엄마가 말이야. 한때는 문학소녀였는데 말이야"라고는 말하고 싶지가 않다.

그럼 이제 파리에 가는 것을 생각해볼까.

밖은 흥성거리고 나는 누구도 없이, 싸게 얻은 방에서 난방도 잘 되지 않아 담요를 덮어쓰고 나무창 사이로 삐걱거리며 들어오는 바람을 맞다가 헐어가는 발자크 동상을 돌아 산책을 하고 싸구려 와인을 사서 혼자 방에 돌아오는 여행에 대해.

그럼 이제 아이들이 수능을 치르는 것에 대해 생각해볼까. 수업을 처음 할 때는, 아이들에게 말했다. 나만 믿고 따라와라. 네가 어떤 사람이 되고 싶은지는 모르겠지만 (너도 아직 잘 모르는 것 같은데 말이야) 암튼 네 꿈을 이루는 데에 있어 국어가 발목 잡지는 않게 해줄게. 이건 제법 당연한 일이다. 내가 시키는 거 다 하면. 정공법밖에 없어서 큰일이다. 내가 좀더 머리가 좋았더라면 좋았을 것이다. 아이들에게 지름길 같은 것도 가르쳐줄 수 있었다면.
나는 몇몇의 문학작품이 가진 아름다운 함의에 밑줄을 긋는 짓을 한다. 자, 봐봐. '보기'에 이 시인은 일제강점기에 독립운동을 했다고 나오지? 근데 시에서 '사랑하는 사람'이래. 독립운동가한테 사랑하는 사람은 누굴까! 이건 논리야. 자, 여기 밑줄.

그래도 내 글은 그렇게 읽지 말아줘, 당신 혼자만 아는 의미로 해석해줘, 당신의 파리를 꺼내서 나의 파리를 상상해줘.

파리에 가는 날은 46일이 남았고 수능은 22일이 남았고 스터디에 제출할 소설 마감은 9일이 남았다.

불굴의 실연

어른이 되면 원래 잘 다투지 않는 법이고, 나는 친구네 커플이 물건까지 던져가며 싸운다는 이야기를 듣고서는 깜짝 놀랐다. 나는 그렇게 싸워본 적이 없다. (그렇게 싸우면 신고해야 하는 거 아냐?) 난 약자 앞에서 강하고 강자 앞에서 약한, 전형적인 정의로움을 가진 인간이기 때문에 상대방이 그 정도로 화를 내면 나는 차분해진다. 상대가 두려워하면 나는 겁이 없어지고 상대가 소리를 지르면 목소리가 낮아진다. 그러니 싸운대도 서로 언성을 높이면서 싸워본 적은 거의 없다. 그런데 근간에 잠시 만났던 친구와는 며칠에 한 번꼴로 다퉜다. 내가 나를 잡아먹는 만남, 내가 나를 자꾸 잡아먹는데도 살이 안 빠져. 아, 내가 나를 잡아먹어서 그렇구나. 먹은 만큼 다시 내가 되고 나는 기운을 차려 또 싸우곤 했다. 친구가 물었다.

"언니는 아직도 안 지쳤어요?"

지쳤다.

지쳤는가 하면 또다시 '파워 미련 에너지'가 호랑이 기운처럼 솟아났다. 나는 한 20년을 누구한테 화를 내본 적 없는 남자와 결국 싸워내기도 했고 절친한 대학 동기 모임에서 몇 년간 단 세 번의 다툼이 있었을 때에도 나는 세 번 다 선발투수. 그렇지만 손바닥도 마주쳐야 소리가 나는 법이라 나는 이렇게 한 사람과 오래 다퉈본 적은 없다. 싸움닭 인생 30여 년을 걸어도 손가락에 장을 지지지 않을 자신이 있다. 이런 사람, 또 없습니다. 포세이돈의 현신처럼 삼지창을 들고 피도를 일으키고는 그 안에서 허우적대가며 상대를 찌르고, 넌 왜 사람 말을 듣지를 않니.

나는 언젠가 '불교에 관심이 있으며 매일 아침 옥탑방에서 요가를 하는 프랑스 남자'가 나오는 소설을 쓰고 있었다. 당시 연애를 하던 D가 말했다. 그건 너무 클리셰하지 않아? 요가 하는 백인 남성 같은 거. 불교에 관심이 있고 요가를 하는 아프리칸 정도는 나와줘야지.

불과 1년도 지나지 않아 나는 아프리카에 갔고 '불교에 관심이 있고 요가를 하는 아프리카 남자'를 실제로 만나게 된다. 아무래도 나는 쓰는 것보다 사는 게 재미진 게 아닌가. 인생을 바탕으로 소설을 써야 하는데 소설을 바탕으로 인생을 살고 있구나. 나는 간혹 나의 화자보다 흥미롭다.

결국 소설 속에 있어야 했을 그 남자는 인도양과 태평양을 건너왔는데 불교에 관심이 있다고 해서 해탈이 목표인 건 아니었는지 그와는 도무지 평화로울 수가 없었고 나는 이렇게 치열한 연애를 해본 적이 없었으므로 가늠이 되지 않는 마음을 자꾸 친구에게 털어놓았다.

"휴, 이게 뭐냐. 나이 서른셋 먹고 시드와 낸시가 되려는 것도 아니고."

"언니, 정신 차려요. 걔네 죽었어."

"아, 맞네. 근데 내가 시드 할래, 낸시 말고. 난 열아홉에 결심했다, 영웅의 아내는 되지 않겠다고. 내가 영웅 함."

"시드가 영웅은 아니지."

"하긴! 기타도 못 치면서! 근데 내가 시드 하면 낸시 죽어?"

정말 누구 하난 죽어나가야 끝날 것 같은 다툼이 이어졌다.

129

"언니도 참, 어쨌든 똥 묻은 개가 겨 묻은 개 나무라는 격이죠."

"우리, 말은 똑바로 하자. 이건 겨 묻은 개가 똥 묻은 개를 나무라는 거야. 난 똥은 안 묻었어."

"그래요, 알았어요. 겨 묻은 개로 해줄게요. 그나저나 언니도 대단하다. 이제 정말로 지칠 때가 됐는데. 언니도 참, 똥인지 된장인지 먹어봐야 아는 사람이네요. 뭘 그렇게 바닥까지 보려고 해요."

"아니. 먹어봐도 모르는 사람. 똥을 먹고도 된장이라고 믿는 사람. 이거, 아무리 봐도 된장인데? 내가 된장 봤는데 된장이 꼭 이렇게 생겼어. 맞아, 지금 맛이 좀 이상하긴 한데 이게 좀 쉬어서 그렇지, 이건 된장일 거야. 이건 그냥 똥맛 나는 된장이라고."

나는 무엇을 믿고 있었나. 어느 지점부터는 그가 나를 사랑하는지 사랑하지 않는지에만 매달렸다. 사랑의 표현이 정상적이며 존중으로 이해할 수 있는 것인지에 대해 생각할 겨를이 없었다. 내가 그 사람의 사랑을 받고 싶기는 한 건지, 내가 그 사람을 사랑하는지 아닌지 판단하는 회로가 끊겨버리고 나를 사랑해? 나를 사랑하지? 나를 사랑해줘.

결국 〈사랑과 전쟁〉으로 진행되던 연애는 〈그것이 알고 싶다〉로 치달아서도, 나는 끝내 내가 무엇을 잘못했을까, 내가 어디가 사랑스럽지 않았을까 고민하기를 멈추지 않다가 결국 너의 사랑보다 나의 사랑이 소중하다는 깨달음을 얻으며 대장정의 막을 내렸다.

"언니를 보면 희망이 보여. 나이가 서른셋인데도 아직도 연애를 통해서 성장하고 있다니. 그 나이가 돼도 연애를 하면서 뭔가를 배울 게 있다니 말이죠."

내가 앙칼지게 대답했다.

"내가 다음 남자를 만나면, 넌 다시 절망하게 될 거야. 그 나이를 먹고도, 연애를 통해 성장까지 했는데도, 또 같은 짓을 하다니."

배운다고 다 익히는 거 아니다. 수업 시간에 들었다고, 고개 끄덕였다고, 시험 잘 보는 거 아니잖니.

여기가
소설로 가는 길 맞아요?

쌤, 쌤이랑 이렇게 술 마시니까 진짜 좋네요. 쌤 이번 소설, 진짜 좋았어요. 난 특히 그 왜, 그 남자의 빈방에서 머무는 부분 있잖아요, 거기. 정말 좋더라고요. 뭐랄까. 이건 '진짜'다! 그런 걸 상상하게 하는 디테일 있잖아요. 이건 경험하시 않고서는 도지히 나 올 수 없는 문장이다. 그런, 찰나의 은밀한 감정적 묘사. 그런 걸 보면 나도 모르게 작가 사진 한번 더 본다니까요. 이건 진짜, 남한테 들어서는, 이런 문장 안 나온다.

쌤한테 물어보는 거냐고요? 에이, 그런 거 아니에요. 그런 건 안 물어보지. 내가 그, 왜 있잖아요. 내가 ㅎ의 시를 진짜 좋아하거든요. 그런데도 누가 ㅎ이 있는 술자리에 나를 불렀는데, 안 나갔어요. 어쩐지 그런 거 있잖아요. 알고 나면

시가 또 다르게 읽히고 그럴까봐. 시를 잃어버리는 거잖아,
그런 거. 제가 또 작가와 화자는 확실하게, 선을 그어야 한
다는 주의입니다. 그냥, 사진만 한번 슬쩍 보는 거지, 뭐.

내가 그렇게 해줘야 또 내가 쓸 때 맘 편하게 쓰고 그러지.
내가 남의 글 읽으면서 취향을 판단하고 그러면, 밑도 끝도
없어요. 내가 쓸 때도 겁먹는다니까요. 이거 혹시 내 이야기
라고 생각하면 어쩌지, 쫄아요.
하, 그러게 말이에요. 쌤 말도 맞다. 내가 이런 말 하니까 웃
기다. 책을, 이건 내 얘기요, 하고 두 권이나 낸 주제에.

쌤, 우리 짠 해요. 왜 그렇게 혼자 마셔요. 나도 마셔, 나도.
쌤, 내가 그저께, 소설 쓰는 애를 하나 만났거든요. 아니, 아
니, 문창과 동기는 아니고. 그러고 보니까 이번주는 뭐 죄다
글 쓰는 사람들만 만나고 다닌 거 같네. 글 쓰는 사람들을
만나느라 글을 못 써요.

아니, 아니에요. 이런 핑계라도 있어줘야죠, 쌤도 참. 암튼,
근데 이놈이, 쌤, 자기는 지금까지 세상에 없었던 글을 쓰
고 싶다는 거예요. 서사가 없는 소설도 이젠 참신한 게 아

133

니라는 거야. 굉장하지 않아요? 난 그런 포부, 가져본 적이
없어요. 왜 그런 거 있잖아요. 세상을 깜짝 놀라게 할 작품
을 쓰겠어! 나는 그런 게 없단 거죠. 그냥 남들 쓰는 만큼이
라도 써주면 감사하게, 포부라고 해봤자, 그냥 죽을 때까지
썼으면 좋겠다.

쌤, 쌤이 왜 책에 사인해줬잖아요. '모든 길이 소설로 가는
길'이길 바란다고. 내가 가끔, 그걸 생각해요. 일종의 정언 명
령처럼. 근데, 근데 쌤. 왜 소설을 써야 되죠? 왜 소설이죠?

어제는 소설을 쓰다 만 친구도 만났어요. 소설을, 쓰다 말
았나, 우리가, 소설을 쓰기는 했나. 그 친구가 이런 말을 했
거든요.
"소설을 써야 한다는 의무감을 버리면 행복해질 수도 있
어."
아, 그럴싸하지 않아요? 근데 내가 이랬단 말이죠.
"소설을 쓸 거라는 의무감을 유예시키는 게 나를 행복하게
하는 거 같아."
하도 오랫동안 언젠간 쓸 거라고 생각해와서, 그걸 완전히
버린 나, 같은 건 아무래도 가늠이 안 돼요.

134

쌤, 이게 진짜 소설로 가는 길일까. 이렇게 살다보면 결국은 쓰는 날도 오고 그러는 걸까요. 나는 정말 쓰고 싶어하는 걸까요? 이게 참 그래. 쌤도 알잖아요, 나 고생한 거. 그러니까 어렸을 땐, 뭘 써도 그 나이에 그런 걸 쓰는 게 먹혔던 거 같기도 해. 다들 기특해하잖아. 신세한탄 하는 글을 쓰고 그래도 말이야. 근데 이젠 나이를 먹어버려서 더이상, 어린 나이에도 불구하고, 같은 어드밴티지도 없단 말이죠. 이젠 진짜, 상상을, 해야 하는 거예요. 팔아먹을 인생이 없어. 이제 남들이랑 같은 선에 선 거지. 더이상 유별난 인생이 아닌 거야, 이제.

너무 마신 거 같다고요? 괜찮아요, 괜찮아. 쌤, 나 집에는 잘 가는 거 알면서. 이럴 때 아니면 내가 또 어떻게 이런 말을 하고 그러겠어요. 요즘은 너무, 감정이 과소평가되는 거 같지 않아요? 난 그 '오그라든다'는 말이 그렇게 싫더라구. 그 정도 감정은 표현도 해주고 그러면 안 되나 싶고.
사실은, 그러면 또 소설이 쓰고 싶기도 하고 그래요.

그런데도 그게 참 그렇다니까요. 내가 소설을 써서 뭘 어쩌겠다는 건 아니고. 근데 희한한 게 뭐냐면, 쌤, 나는 있잖아요. 자유라는 게 참 희한해. 난 자유, 하면 우주가 생각난단 말이죠. 중력도 받지 못하고 둥둥 떠다니는 느낌이랄까, 그런 거요. 아무것도 보이지 않고 잡히지 않고 그 상태로 끝나지 않을 것 같은, 뭔가 그런 두려움이 있어요. 자유, 라는 말에는. 그 정도쯤은 돼줘야 자유라고 할 수 있지 않겠어요?

나는 그래서 아무래도 자유가 무섭단 말이에요. 그런데도 소설을 생각하면, 가끔 자유가 생각나고 그래요.

그러면 우주가 좀 폭신폭신해지고 그런다?

아, 오그라든다.

쌤, 우리 한 병 더 시켜도 돼요? 아, 괜찮다니까. 전 진짜 제가 취하면, 취했다고 말하는 거 알잖아요. 아니야, 아직.

참이슬 빨간 거요.

어디까지 살아보고 오셨어요?

나는 간혹 어지간한 대화에 잘 끼어드는 사람으로 성장했다. 넓고 얕은 경험으로 포진되어 누가 뭐 해봤다고 하면 나도 머릿속에서 그 엇비슷한 경험의 카드를 서너 장 준비해둔다. 슬그머니 내밀어보고는 반응이 괜찮다 싶으면 꼬리를 물어 이야기를 확장시킨다. 자, 이 경험을 받아라!

커피를 마신다. 원두 이야기가 나온다. 그러면 원두에 별 관심이 없는 나는, 지식 대신 경험 카드를 꺼낸다.
내가 에티오피아에 갔을 때 말야. 에티오피아에서는 집에서 원두를 숯에 볶아서 그 자리에서 바로 빻아서 커피를 끓여 마신다? 와, 정말 내가 그뒤로 에스프레소에 맛을 들여서 한국에서도 몇 번 시도를 해봤는데, 길거리에서 파는 그

맛만 하진 못한 거 같아. 뭐랄까. 아무래도 그런 건 분위기 겠지. 길거리에서 그렇게 숯에 그 자리에서 볶아서 팔거든. 사실 아프리카에 커피가 나는 나라들 중에 생활을 하면서 커피를 마시는 나라는 에티오피아밖에 없다더라고. 다들 홍차를 마시지. 원래 중동·북아프리카 이런 나라들이 차 를 마시잖아.

이런 건 별 데서 다 튀어나온다. 무상 교육, 무상 의료 구호 가 한창 외쳐지던 때였다.

내가 영국에서 손가락을 여덟 바늘인가 꿰맸는데, 피를 흘 리면서 손들고 여섯 시간을 기다렸다니까. 영국은 무상 의 료잖아. 우리나라처럼 소소한 개인 병원이 잘 없어. 치과나 좀 있고. 많은 돈이 드는 큰 병이나 어떤 시스템 같은 게 잘 구축되어 있어야 하는 경우 같은 거 말고, 우리가 일반적으 로 병원 가는 일들, 그런 건 우리나라가 아무래도 낫지.

드론 이야기가 나온다. 수도방위사령부에 허가를 받아야 비행할 수 있다더라, 이런 이야기가 나왔다. 자, 이번엔 이 카드!

내가 어렸을 때, 친구가 부대에 복귀를 안 했어. 그러고는 나랑 친구랑 사는 집에 찾아온 거야. 그래서 결국 그때 수방사가 우리 집에 찾아왔었다니까. 이름만 확인하더니 바로 체포해갔어. 난 무슨 영화 보는 줄 알았대도. 근데 희한한 건, 그놈은, 세 번이나 미복귀했는데 세 번 다 내가 신고를 했단 말이지. 그걸 뭐 어떻게 할 거야. 처음엔 달래봤지. 근데 시간은 자꾸 가잖아. 근데 생각해보면 개도 우리가 신고할 줄 알고 찾아온 게 아닐까. 세 번이라니까.

가출 이야기가 나온다. 저요! 저요! 저 여기요! 여긴 제 스페셜티입니다.

제가 가출을 하려고 변호사까지 만났었다니까요. 합법적으로 가출하려고. 열여섯에 법률구조공단까지 찾아가서 법정후견인을 바꾸려고 별수를 다 알아보고 그랬잖아요. 살기는 아무래도 어렵고 그렇다고 길거리 가출 청소년으로 지내고 싶지는 않고, 뭐 결국 좀 그렇게 되긴 했습니다만, 사정이 사정이다보니. 근데 대체 난 그 나이에 어디에서 법률구조공단 같은 건 주워들었던 걸까요?

소설 쓰는 ㅈ선생님이 말했다.
"연주씨는 정말, 빨리 그걸로 소설을 써요."

어쩌면 사는 게 소설보다 소설 같은데 이걸 소설로 못 쓰는 건, 사는 법을 알아버려서인지도 모르겠다. 사는 데에는 개연성이 없지. 필연성이 없어. 사는 건 커다랗고 두루뭉술한 우연의 총체니까. 주변에서는 자꾸 무엇인가 일이 일어났고 나는 삶을 주섬주섬 적다보면 그것만으로는 부족해서, 그것만으로는 쓸 수가 없어서. 나는 나의 몇 가지 불행을 생각하곤 금세 좌절했다. 나는 왜 불행마저도 상투적이지, 쓰는 글도 상투적인데. 내 불행은 클리셰해서 도무지 소설로 옮겨올 수가 없다. 아버지를 아버지라 부르지 못하고, 신데렐라는 어려서 부모님을 잃고요. 나는 내 경험을 끌어안고 있어서 소설을 못 쓰는 건 아닌가 하고.

경험이 때로 상상력을 방해했다. 자동차를 한 번도 본 적이 없다면 그냥 달리기만 하는 거 말고 물에서도 가고 하늘도 날았다가 옆으로도 달렸다가 할 텐데 난 이미 자동차를 타버려서 옆으로 달리는 자동차 같은 건 상상을 못하는 거지. 모를 일이다. 사는 건, 이것저것 상상도 해보고 계산도 해보다가, 아 몰라, 한 번 사는 인생, 일단 질러보자. 딱 하나만 생각하자, 가 된다.

소설은 그게 안 된다.

소설을 쓸 때는 주제며 구성이며 문체는 물론이고 상징과 일부 대사까지 다 짜놓고서야 시작할 수 있다. 은이 말했다. "그냥 내버려두고 어떻게 갈지 써봐. 너무 정하고 시작하면 거기에서 못 벗어나. 인물을 내버려둬보는 거지."

내 인물은 마리오네트. 내 인물의 생기를 내가 다 가져가서, 인생을 재밌게 고군분투하며 살고 있습니다.

내가 왜 소설을 못 쓰는가 고민하다가 소설을 못 썼네.

어깨에 뽕 맞아서 그런가. 어깨에 뽕을 잔뜩 집어넣고, 자, 이제 이건 글이다! 이건 소설이야. 블로그에 올리는 잡문 따위와는 차원이 다르지! 여기에는 작가 정신을 잔뜩 집어넣어야 해. 자, 이건 문학이다. 목에 힘 제대로 주고.

비단 그래서 못 쓰는 것만은 아니겠지.

대학 시절 함께 스터디를 했던 ㅈ선배가 등단했다는 걸 뒤늦게 알았다. 조곤조곤하고 책 많이 읽던 선배였는데. 참 열심히 쓰던 사람이었다. 결국 모든 건 엉덩이로 통합니까.

소설 창작 수업을 일주일에 세 번이나 들어가 모든 작품에 대한 합평을 했던 동기가 있었다. 1년이 지나자 그는 글을 굉장히 잘 읽게 됐고 나는 그저 굽신굽신 커피를 바치면서 주섬주섬 내 소설 좀 봐달라 부탁하게 되었다. 2년이 지나자 등단하고 졸업한 유일한 동기가 되었다.

그렇구나! 역시 승자는 엉덩이입니다. 이건 다 엉덩이 싸움이에요. 그저 꾸역꾸역 엉덩이 붙이고 의자에 구멍날 때까지 일단 쓰다보면 또 어떻게든 되지 않겠습니까, 하고 말은 잘한다.

소설은 안 쓰고 소설소설 이야기만 하는 게 약간 부끄러워지기 시작했다. 이제 슬슬 닥쳐야겠다.

추신: 나는 ㅈ선배의 인질을 갖고 있다. 그러니까 내 컴퓨터에는 몇몇 등단한 선배나 동기의 습작이 여전히 쟁여져 있다. 예전에 우리끼리는 이런 농담을 했다.
"나한테 잘 보여야 돼. 난 다 갖고 있다니까. 등단하면 내가 이거 뿌려버린다."

ㅈ선배는 내가 갖고 있는 게 뭔지 상상도 못하겠지!
아싸.

내 밤을 돌려주세요

요즘 새벽 다섯시경 나는 자주 거리를 걸었다. 신촌에서 아현동까지 걸어가는 다섯시 즈음의 거리는, 반쯤 깨어 있고 반쯤 자고 있다. 술집이 많다보니 아직 깨지 않은 사람들과 이제 깬 사람들이 첫차를 타러 간다. 나는 자꾸 밤낮이 뒤바뀌어서 '이번에야말로 아침부터 살아야겠다!' 결심한 상태로 밤을 새우고 아침을 시작하러 가는 길이다. 어디에도 속하지 않아서 나는 약간 스스로 기뻐한다.

나는 아침반 요가 강습을 갈 것이다. 그러고 나서 하루를 시작해야지. 결심은 자주 반복된다. 불과 사나흘 전에도 똑같이 밤을 새웠다. 그런데 또 이러고 있는 것이다. 남들처럼 사는 게 쉽지가 않다. 몇 달간 실패하고 나니 화가 난다.

아니, 대체, 아침에 일어나서 생활해야 한다는 건 누가 정한 거야.

나는 서운하다. 남들과 똑같은 시간 일을 하고 공부를 하며 하루를 보냈는데도 대체 왜 나는 죄책감을 느껴야 하는 거야. 나는 밤에 무언가를 잘하는 사람인 게 틀림없는데, 그래서 밤에 많은 일을 하는데도, 아무래도 밤은 하루의 끝이라고 사람들이 정해놔서 아침에 일어나면 하루가 긴 것 같고 정오를 넘겨 일어나면 하루가 짧다. 나는 억울하다.

남들이 짜놓은 시간표를, 내가 부정할 수 있는 기발한 생각도 없어서 변명도 제대로 못하겠다. 스물이 되면 대학에 가고 졸업하면 취직을 하고 몇 년이 지나면 인생에서 가장 사랑하는 사람이 아니더라도 결혼을 할 때 즈음에 만난 사람과 어지간히 돈도 모았으니 결혼도 하고 결혼한 지 1~2년 되면 아이도 낳고.

아, 나는 잘 살고 있구나.

몇 년 전엔가, 어떤 유명인이 사석에서 이런 말을 해서 물의를 빚은 적이 있다. 남자는 부동산과 같아서 시간이 지날수록 가치가 오르는데 여자는 차와 같아서 시간이 지날수록 가치가 떨어진다나.

나는 숨만 쉬어도 가치가 떨어진단 말이지? 후, 후, 후, 후. 더 많이 쉬어줄 테다. 두 배로 쉬어주겠어! 나는 어제보다 지혜로워졌고 그제보다 공부도 더 많이 했고 작년보다 책도 더 읽었을 것이다. 지혜는, 모르는 일인가. 일단 그렇다고 하자.

남들이 짜놓은 시간표를 못 따라가서 어쩐지 계속 가치가 떨어지고 있다.

이번에 새로 다니기 시작한 어학원만 마치면 역시 다시 마음을 다잡고, 나는 역시 밤이 좋아, 아침의 인간 같은 건 포기해버려야지. 사람 소리가 들리지 않는 때가 좋다. 나는 어차피 무엇을 하든 이어폰을 끼고 있을 테지만 사람의 움직임이 느껴지지 않는 때가 좋다. 나는 '혼자'가 약간 더 필요하다. 숨만 쉬어도 떨어지는, 어떤 세상이 정해놓은 나의 가치 같은 건 개나 주고.

엄마는 밤에 장사를 했고 나는 밤에 한글을 공부했고 책을 읽었고 수다를 떨었다. 밤늦게까지 학원에 있어야 했기 때문에 밤에 친구를 만났고 밤거리를 달렸고 일기를 썼다. 밤늦게까지 학원을 다니던 아이는 밤늦게까지 학원에 다니는 어른으로 성장했습니다. 수업을 끝내고 돌아와 밤에 밥을 먹었고 인터넷 서핑을 했고 글을 썼다. 망쳐버린 아침은 인생의 반은 되지 않을까.

학교에 지각한 적이 한 번도 없이 초중고 12년을 보냈다는 사람들을 보면 경이롭다. 어떻게 그럴 수 있지. 난 개근상을 받아오라고 하면 차라리 우등상을 받아오겠어.

단, 공부는 밤에.

쓸데없는 언어를 배워야지

나의 발등에는 에스페란토가 새겨져 있다.

Ĉio, kion ni bezonas, estas amo.

우리에게 필요한 건 사랑. 어느 민족의 언어도 아니고 어느 사상의 언어도 아닌 순수한 형태의 언어, 나는 언젠가 에스페란토를 배우고 싶다.

가장 유용한 것의 가장 무용한 것을 배우고 싶어, 종종. 오랜 시간 공을 들여 배우고서 어디에도 써먹지 못했으면 좋겠다.

나는 종종 자유로워 보인다는 말을 들었지만 여권에 도장 좀 많이 찍었다고 자유로운 건, 아무래도 아닌 것 같다. 나는 제2외국어를 배운다면 어쩐지 아랍어나 스페인어를 배울 것 같아서. 나는 결코 자유로울 수 없지. 써먹을 데가 너무 많잖아. 어떤 유용성도 없고 어떤 목적도 없는, 아무것도 위하지 않는 언어 하나쯤은 구사할 수 있어야지.

그걸로는 어떤 의미도 전달하지 않았으면 좋겠다. 기역을 쓸 자리에 대신 니은을 쓰고 니은을 쓸 자리에 대신 디귿을 쓰자고 규칙을 정해서, 공들여 천천히 적을 수밖에 없던 어린 시절의 일기처럼.
당신이, 펼치더라도 읽을 수 없었으면 좋겠다.

근데 나는 하고 싶은 말이 너무 많아서, 이거 어디 가능하려나.

예술대학

'서울예전 문예창작과에는 반드시 가야 한다'라고 적힌 십대의 일기장은 아직도 갖고 있다. 서울예전은 초등학교 5학년 때 담임 선생님이 알려주셨다. 작가들은 다들 거기에서 공부를 했다고. 아직 서울예전 출신 작가들의 책은 읽어본 적도 없는 시절이었지만.

나중에 꼭 글을 쓰는 사람이 되라고 하셨다.

"네가 어른이 되어 책을 낼 때가 되면 내가 돈을 대줄게."

아마 자비 출판 같은 것을 생각하신 모양이었다.

나는 스물이 넘어 수소문해서 선생님을 찾았다.

"선생님, 그때 저 스물 넘으면 책 낼 때 돈을 대주신다고 하셨잖아요. 저, 돈 받고 책 냈어요."

나는 얼마 지나 선생님께 또 전화를 걸었다.

"선생님이 말씀하신 학교에 왔어요."

어디를 가든 누군가는 무언가를 만들고 있었다. 연극과나 연기과 애들은 어디에서든 방방 뛰어다녔고 무용과 애들은 고개를 치켜들었다. 문창과 애들은 국문학을 공부하는 애들과는 또 달랐다. 누구한테 왜 문창과에 왔냐고 물었을 때 '점수 맞춰 온' 애가 없는 건 큰 차이였다. 취업을 걱정하거나 토익을 공부하지도 않았다. 세상 먹고사는 일에 하등의 도움이 안 되는 애들이 떼로 몰려 있으니 아무래도 아름다운 법이지.

어딘가 음침한 곳에 문창과 애들이 있었는데 다른 애들은 거기에 누가 있는지 잘 몰랐을 것이다. '문창과 애들은 다른 과 애들을 무식하다고 무시하고 다른 과 애들은 문창과를 찌질하다고 무시한다'는 말이 돌기도 했지만 나는 다른 과 애들이 문창과를 무시하지 않았으리라고 생각한다. 다른 과 애들은 문창과가 뭐하는 과인지도 몰랐을 테니까. 학생회장도 문창과와 극작과를 헷갈려했던 것 같으니. 특별히 다른 과와 과제 같은 걸 주고받을 거리도 없는 과이고 반 이상의 학생이 이미 대학을 졸업한 뒤에 왔기 때문에 다른 과에 비해 나이도 많았다. 내가 스물넷에 입학했는데 그때 내 나이가 평균쯤 되었던 것 같으니까. 막 고등학교를 졸업한 학생과 고등학교 교감으로 정년퇴직을 한 '언니'가 함께 있었다.

디자인을 하는 동기는 아침에 일어나보니 초록색 양말도 예쁘고 파란색 양말도 예뻐서 고민하다가 그냥 한 짝씩 둘 다 신고 왔고 영화를 찍는 선배는 대화를 고전 영화의 대사처럼 했다. 과장되거나 위축되었고 땀냄새가 났다. 새벽 두시에 산책을 해보면 학교에서 누군가는 무언가를 만들고 있었다. 실용음악과에서 연주하는 재즈가 학교에 가득차 있었고 우리는 각자 맥주 피처를 들고 동산에 드러누웠다. 목에 닿는 잡초에는 이슬이 맺혀 있었다. 우리는 마셨다.

동기들은 예술이 어쩌고 문학이 어쩌고 떠들어댔는데 한번에 누어 명씩 벼들있다. 그리고도 쉬지 않고 대화가 이어졌다. 김애란에서 박상륭이며 릴케에서 다자이 오사무며 두서없이 넘나들다가 자기의 새 소설이 얼마나 절망적인지 이야기했고 우리는 결국, 내가 뭐가 문제인지, 몰라서 못 쓰나, 한탄했다.

2학년쯤 되니 난 나의 소설을 보면서 이 소설이 안 되는 이유에 대해 소설보다 길게 쓸 수도 있을 것 같았다. 자조했고 누군가는 낮술을 마시고 교수님을 찾아가 "선생님, 대체 진정성이 뭔가요!" 소리쳤다는 소문이 돌았다.

소설에 대해 진정성이 없다는 말을 들었다는 한 동기는 "진정성이 대체 뭐야. 내가 지금, 소설을 이만큼이나 썼어. 이렇게 많은 분량을 썼다는 것 자체가 진정성이 있는 거 아냐?" 하고 분개했다. 우리는 과장되게 고개를 끄덕였고 그녀는 라면을 끓여먹다 말고 소설을 써야겠다며 집으로 돌아갔다. 누군가는 소설에만 집중하려고 집에 인터넷까지 끊었다고 했다.

지금 그 친구의 집엔 인터넷이 들어올까. 누군가가 등단을 했다는 소문은 끊길 만하면 들렸다. 아직도 우리는 결혼 소식보다 등단 소식을 더 많이 주고받고 어쨌거나 나는 그 시절을 살았다. 그게 무엇을 향했든 그렇게 에너지가 가득한 곳에서 인생의 한순간을 보냈다는 건 그 자체만으로도 축복이었다. 어떤 특별한 혼, 이라고 오늘은 좀 자만하고 싶다.

나는 나의 스물네 살에 질투가 난다.

하나쯤 있는 과거

달이 너무 커서 쓸쓸하다.

담배를 피우러 옥상에 올라갔다. 달이 떴구나. 달이 참 크게 떴어. 이걸 누구에게 말해주지. 달이 떴다고 연락을 할 사람이 있으면 좋겠다고 생각했다. 아주 큰 달이 떴다고 감탄할 사람이 있으면 좋겠어. 배가 고팠다. 달이 너무 크게 떴기 때문에.

내가 그동안 적어온 것들을 생각했다. 나는 너무 빠르게 삶을 팔아먹었어. 적지 않고 말해지지 않은 것들이 너무 적어서 나는 너무 가벼웠다. '가벼운 사람'이라는 단어를 물리적으로 머릿속에 떠올렸다. 말을 할 때마다 내 몸에 내가 조금씩 빠져나갔다. 비밀이 가난해졌다. 어제는 10여 년도 훨씬 전에 알았던 사람을 만났다. 나는 10여 년도 훨씬 전에 그랬던 것처럼 쉬지 않고 떠들었다.

나는 너무 말이 많아.

약간 수치스러웠다. 아직 우리가 십대이던 시절, 내가 살던 방. 내가 살았지만 내 방은 아니었던 집. 방 안에는 담배 냄새가 고집스럽게 배어 있었고 술병이 숨겨지지도 않고 반쯤 비어 방구석에 넘어져 있었다. 방바닥이 뜨거워 소주병 안에 이슬이 맺혔다. 담배꽁초를 담은 소주병이 넘어져 흘러 나온 오물이 바닥 한구석에 눌어붙었다. 화장이 반쯤 지워진 여자아이들이 막 잠에서 깨었다. 해가 지고 있었다. 사내아이들은 먼저 일어나 PC방에 몰려갔을 것이었다. 나는 발코니에 나가 문을 닫았다. 고졸 검정고시 합격 핵심 정리 같은 이름의 문제집을 펼쳤다. 된소리와 거센소리가 섞인 문장들이 밖에서 웅성거렸다. 여자아이들이 하나둘씩 일어나 화장을 시작했다. 싸구려 화장품 때문에 상한 피부를 가리려고 화장을 했다. 젖은 머리카락에 담배 연기가 눌어붙었다. 발코니로 새어 나오는 담배 연기를 맡으면서.

'나는 너네랑은 달라.'

나는 분명하게 문장으로 만들어 생각했다. 또박또박. 무시를 숨기지도 않았다. 우리에게 그런 과거 하나쯤은 있는 법이지, 나는 글을 쓸 거야, 나의 미래는 다르다. 그러고도 망쳐버린 과거 하나쯤은 있는 법이지. 나는 그 시절에 대해 자주 이야기했다. 나는 나의 열일곱, 열여덟을 실제보다 많이 말했다. 그 시절에 만난 친구든 그 시절에 만나지 않은 친구든 다들 나의 그 시절을 알고 있다.

견디기 힘든 것일수록 숨길 수가 없었다. 다 말해서 닳아 없어질 때까지 적었다. 모난 슬픔이 조금씩 깎여나갔다. 단어들은 부스러기가 되어 날아가고 기억은 때로 혼재되었다. 어느 것이 진짜 과거이고 어느 것이 말해진 과거인지 헷갈렸다. 어떤 기억은 실제 그 순간이 아니라, 그 순간이 말해진 내용으로 기억됐다.

그 시절은 두 가지 수치로 뭉쳐 있었다. 내가 그 시절을 겪었다는 수치, 내가 그 시절을 수치스러워한다는 수치. 내가 함부로 다른 사람에게 말했어, 너희를.

난 너네랑은 달라. 내가 함부로 너희를 깎아내렸어. 그렇게라도 하지 않으면 너무 무거워서, 무거운 내가 무서워서 그랬다고 함부로 변명했어.

나는 그 시절을 일부러 더 크게 말했다. 더 자주 문장으로
만들었다. 발음된 시절. 마음속에 쌓아둔 슬픔을 이야기하
는 순간, 내가 이야기해서 내 앞에 단어로 풀어놓으면 나는
내 슬픔을 객관적으로 바라보는 듯한 착각을 느꼈다.

가령 나는 '엄마 아빠는 돌아가셨어요'라고 적어도 수백 번
은 말했을 거다. 집에서 혼자 연습한 적도 있다. 돌, 아, 가,
셨, 어, 요. 발음된 시절은, 발음만큼씩 희석되었다. 슬픔을
언어로 담아 표현하면, 표현된 단어들이 다시 나의 귀에 들
어온다. 그건 실제보다 약간 괜찮았다.

나는 그런 시절들을 더 크게 말했다.

우리에게 그런 과거 하나쯤은 있는 법이지, 그리고도 망쳐
버린 과거 하나쯤은 있는 법이지. 어떤 과거들은 언어로 표
현되고, 언어로 표현되는 순간 나의 슬픔은 왜곡될 수밖에
없어서 나는 도무지 과거를 제대로 기억할 수가 없다. 나는
나의 미래가 어떻게 될지 궁금해서 견딜 수가 없다고 생각
하지만, 내가 나의 과거를 얼마나 왜곡하고 있는지를 생각
하면,

나의 과거가 궁금해서 견딜 수가 없다.

나는 너무 큰 오늘의 달 정도는 마음속에 담았어야 했는지
도 모르겠다.

내가 딸입니다

딸이었던 때가 너무 오래되었다.
내 손으로 불을 켜고 들어와 국을 데우며 생각했다.
딸이었던 때가 잘 기억이 나지 않는다.

작은아버지라는 분을 뵈었다. "이놈아"라고 하시고는 "이
놈아, 라고 해도 되지?" 하고 물으셨다.
"내가 네 기저귀를 갈아줬지. 내 아들딸도 기저귀를 안 갈
아줬는데. 내가 그때 네 기저귀 갈아주고 업어 길렀어, 이
놈아. 형수님한테 정말 면목이 없었지. 이놈아, 라고 불러도
되지? 이해하지?"
'이놈'은 이해가 됐고 기저귀는 잘 이해가 되지 않았다.
'형수님'이 대답하셨다.

"그럼, 되지. 애가 어디 가서 그런 말을 들어봤겠어. 그런 게다……"

끝을 이으시지는 않았다. 끝을 모르지는 않았다.

나는 간혹 그런 게 다 지겹다고 생각했다. 나는 너무 오래 불쌍해 있었던 게 아닌가. 말을 하지는 않았다. 네네, 아유, 그럼요. '아유'라는 감탄사는 아무래도 유용하다. 사실 생각해보면 그건 맞는 말이기도 했다. 나는 어렸을 때부터 '이놈'이라는 말은 듣지 않았다. '공주'라고 불렸기 때문이다. 외가는 다들 공주여서, 사촌들이 모여 있을 때 '공주야'라고 부르면 내가 일어나 "아이참, 어떤 공주요?" 짜증스럽게 되물었다.

더 오래 살다보니 가끔씩, 쓰는 사람에 따라 '이년'이나 '미친년'으로 변주가 되는 적도 있었지만 딱히 별다른 건 아니었다. 나는 엄마가 돌아가시고 이모네서 자랐다. 아이들을 가르치는 분이었고 나는 많은 걸 배웠다. 국영수사과, 악기에 미술까지 배웠다. 아직 학교에서 영어라는 과목을 배우기도 전부터 미8군으로 영어 회화 수업까지 다녔으니 말 다했다. 그래도 글쓰기는 배우지 않았다. 언젠가 이모가 내 글쓰기에 대해 말한 적이 있다. 내가 책도 쓰고 하는 건 다 어렸을 때 국어 학원을 다녔기 때문이라는 건데, 이거 하나만 분명히 하고 가자고요.

그건 내가 엄마 딸이기 때문입니다.

가정통신문에 답장이라도 할 때면 '선생님 전 상서. 만물이 소생하는 계절, 사월입니다'라고 받아 적으라고 한 엄마의, 딸이기 때문입니다. 엄마는 한글도 잘 몰랐으면서 어디에서 그런 구절은 들은 걸까요. 봄이 오면 나를 무릎에 앉히고 세상 그렇게 아름다운 표현들로 오늘 본 개나리와 진달래며 개구리를 들려주었기 때문입니다. 나중에 보니 미사여구를 많이 쓴다고 꼭 좋은 글이 아니더라는 건, 엄마한테는 비밀로 해야겠습니다만.

내가 글을 쓴다고 하면 가끔씩 글의 출처를 밝혀주시는 분들이 있다. 나는 그게 엄마라고 주장해왔는데 얼마 전에 보니 엄마는 같고 아빠는 다른 오빠도 글에 관심이 있었다고 했다. 엄마가 같으니 같은 출처라고 하자. 이모는 그게 국어학원 때문이라고 했고 작은아버지는 당신을 닮은 모양이라고 하셨다. 그게 다 느이 아버지 핏줄인 거야. 느이 아버지도 참 말씀을 잘하셨어. 나도 전에 시집을 좀 내려고 했는데, 그게 잘 안 돼서. 내 딸도 국어 선생이야. 이게 다 그런 게 어디 가는 게 아니야.

아무리 그래도 이거 하나만 분명히 하고 가요.

그건 내가 엄마 딸이기 때문입니다.

이거 하나만큼은 꼭 남기고 싶은 게 있는 법입니다.

일곱이거나 여덟인 시절, 엄마가 혼을 낸 적이 있다.
"너 자꾸 이러면, 엄마가 너 그 집에 보내. 알아?"
그때도 그건 뻥이라고 생각했는데 그게 뻥인 줄은 알았어도 가고 싶지 않다고 울면서 매달렸다. 내가 울지 않았으면 엄마가 울었을 것이다. 그런 건 누가 가르쳐줘서 아는 게 아니다. 그렇지만 가르쳐주지 않았기 때문에 20년이 넘어 내가 내 발로 그 집에 가는 날이 올 거라고는 엄마도 나도 예상하지 못했을 것이다.

인생이 참 재밌는데 또 살고 싶지는 않다.

성격이 못돼 처먹어서

이렇게 하라고 하면 저렇게 하고 싶고 누구는 이걸 '반골의 기질'이라고도 표현하는가본데, 한마디로 '나는 아니로소이다'.

초등학교 5학년 때 담임 선생님이 말씀하셨다.
"글을 쓰는 사람이 되려면, 다른 사람들이 하지 않는 생각을 해라."
얼마나 멋진 말씀이냐. 그런데 이게 묘하게 비켜나간 게, 선생님도 나도 내가 딱히 기발한 사람이 못 된다는 걸 몰랐던 거다. 그래서 결국 나는 다른 사람들이 하지 않는 대단한 생각 같은 건 없고 그냥 '그건 아니지'.

대화를 하다보면 내가 원래 갖고 있던 의견을 견지하는 상대와 다투고 있는 나를 발견하기도 한다.

'내가 왜 내 생각과 싸우고 있지?'

한두 번이 아니다. 그러면 상대방은 "그건 그냥 반대를 위한 반대일 뿐이잖아!" 정곡을 짚어준다.

"응. 그게 내 인생의 모토인데! 나는 아니로소이다!"

이렇게 당당하게 말할 수 있으면 좋으련만 그러기엔 내가 좀 소심하다. 내가 왜 아니라고 생각하는지 궁시렁궁시렁 따따부따. 나란 인간은 어쩔 수 없으니까 차라리 당당했다면 낫지 않았을까. 그렇다면 '개 멋질' 텐데. 아쉽다. 나는 말을 곧이곧대로 못 듣는 못돼 처먹은 애지만, 못돼 처먹은 거에 비해서 소심해서 자꾸 사과하고 다니는 찌질이가 돼 버렸다.

그래도 어렸을 때는 내가 왜 반대를 위한 반대를 하고 있는지 구구절절 해명하는 장문의 편지를 써서 보내고는, 나를 피곤해하거나 미워하지 않을지 전전긍긍했는데 이젠 나도 제법 '사회사회'해져서 그 정도로 찌질하지는 않다.

그래도 장문의 카카오톡 메시지는 가아끔 보낸다.

그날도 여느 날과 마찬가지로 '난 그렇게 생각하지 않는데?'를 시전하고 있었다. 초초가 나를 보며 또 저런다는 표정으로 귀찮아했다. 그러자 이매진이 옆에서 말했다.

"초초 언니, 언닌 연주 언니가 저런 이야기를 할 때마다 짜증내고 힘들어하는데. 냅둬. 우린 연주 언니랑 얘기할 때만 피곤하면 되지만, 연주 언니는 매일 저럴 텐데, 얼마나 힘들겠어."

난 이런 나와 30년을 넘게 살았다.
이런 나와 매일 같이 있다구!

사실 생각해보면 담임 선생님이 그런 말씀을 하기 전에도 나는 남의 말을 곧이곧대로 못 듣는 애였다. 그냥 이렇게 클 놈이었던 거다. 초등학교 1학년 땐가. 선생님이 북한의 선생들은 학생들에게 북한이 남한보다 잘산다고 거짓말을 한다고 하셨다. 이러면 손을 안 들 수가 없잖아?

"선생님, 그럼 선생님도 우리한테 거짓말로 가르치는 건 아니에요?"

나는 의심하고, 칭찬을 못 견딘다. 어디가 좋다고 하면 그냥 '감사합니다' 하고 지나가면 될 것을, 내가 그것이 칭찬을 받을 정도의 것이라는 생각이 들지 않으면 이때부터 피곤해진다. 예전에 책을 냈을 때 한 소녀가 지방에서 사인을 받으러 온 적이 있었다. (물론 근처 어디 친척집에 갔다가 들른 것 정도라 생각한다.) 그렇지만 난 내 책이 사인을 받을 정도의 책이라고는 도무지 생각이 들지 않아서 "책에 낙서하면 안 되는데……" 하고 얼버무리다가 이 분위기를 어떻게든 해보자, 하고 이런 말을 해버렸다.

"이 책을 좋아하시다니. 책 별로 안 읽으시는가봐요."

겸손의 농담이었다. 당신이 다른 책을 좀 보셨다면 이따위 책에 사인을 받겠다고 이러시진 않을 텐데, 송구합니다. 뭐 이런 종류였는데 친구들한테 혼났다. 말을 왜 그렇게 못되게 하니.

그냥 고맙다고 하면 어쩐지 건방진 느낌이 든달까. 물론 나도 고깃집 사장님이 예쁘다고 하면 대충 고맙다고 하고 넘기기도 한다. 하지만 열과 성을 다해 대답을 하면, 배배 꼬는 거지. 못되게 말하기는, 훨씬 많은 마음이 필요한 일이다. 대화에 오롯이 집중해야 하고 상대방의 말을 충분히 이해해야 하며 내가 치고 들어갈 적당한 지점도 봐야 하고 상대방과의 관계나 분위기와 맥락까지 고려해서 적당한 걸 찾아야 한다고.

마음을 많이 쓸수록 나는 내 생각과 내 생각이 싸우게도 하면서 내 생각이 내 생각을 의심하고 내가 나를 비꼬면서, 사람들이 나를 싫어하지 않을까 전전긍긍하며 살겠지. 둘 다 포기할 수가 없다.

사람들은 가끔 그렇게 살면 피곤하지 않으냐고 묻는다.
피곤하다. 엄청 피곤해. 다만 이렇게 살지 않는 게 더 피곤하다. 이렇게 생겨 먹은걸.
이런 지난한 과정을 함께해주는 내 곁의 사람들에게 평생 사죄하는 마음으로 살아야겠다.

왕따들이여, 분연히 일어나라!

왕따를 당한 적이 있다. 점심시간에는 함께 밥 먹을 친구가 없어서 일부러 자는 척 엎드려 있었던 때가 있었고 소풍이라도 간다고 하면 우리 반 애들이 홀수인지 짝수인지 세어본 때가 있었다. 어떤 애들은 괜히 내게 트집을 잡아 선배를 데리고 내려왔다. 그 시절은 쓸쓸하고 우뚝하다.

동창이 5학년 때의 일을 이야기해준 적이 있다. 전학을 한지 얼마 지나지 않았을 때였다. 거기에는 새로운 문화가 있었고 나는 듣도 보도 못한 화제들이 있었다. 새 옷을 입고 가자 나를 마뜩잖아하던 여자애가 다가와서는 목뒤에 붙은 브랜드 라벨을 보려고 옷깃을 뒤집으며 물었단다.
"이거 어디 거야?"

그때까지 내가 알던 브랜드라고는, 운동화는 말표, 밥솥은 코끼리, 텔레비전은 대우 따위가 전부였으므로 옷에도 그런 게 있는 줄을 몰랐는지 당당하게 대답했단다.
"내 거다! 왜!"

물론 이런 것들만이 왕따를 당하게 하지는 않았을 것이다. 모난 돌이 정 맞는다.

"넌 정말 대단했지. 한 번도 울지 않았어."
동창들은 잘못 기억하고 있었다.

난 매일같이 졌다. 하루가 다르게 꺾이고 있었다. 마음이 깎이고 있었다. 내 거다! 왜! 소리치면서 두려워했다. 처음 전학 간 날에는 주변에 애들이 모였다. 말을 재밌게 하는 어디서 굴러온 아이, 새 학기가 되면 주변에 친구를 모으는 타입이었다. 앞자리에 앉은 애들이 뒤돌아서 쉬는 시간을 보내게 하는 아이였다. 한번 찍히고 나니 뒤를 돌아보았던 아이들이 다른 분단으로 건너갔다.

그 시절 나는 어떻게 해야 했을까 오래 생각해봤다. 답이 없었다. 혹시라도 같은 고민을 하고 있는 아이들에게 그 시절을 지나온 내가 힘도 되고 교훈도 되는 말을 해줄 수 있다면 좋겠지만 그런 거 없다. 나는 부단히 노력했고 나의 노력들 때문에 더 밀어졌다. 차라리 "어차피 안 될 거야. 그냥 널 내버려두렴. 당당하게 왕따를 당해라!"

어차피 애들이 뒤에서 내 이야기를 하는 거 다 알고, 전교생 중에 나 모르는 애 없었을 테니까 차라리 재벌 2세 뺨을 올려붙이는 왕따가 될걸! 그게 제일 아쉽다.

어제는 신형철 평론가가 팟캐스트에서 『그믐, 또는 당신이 세계를 기억하는 방식』에 대해 말했다.

"아마 이 남자아이는 왕따였을 것 같아요. 다른 남자아이들이 좋아하는 연예인이나 TV 프로그램 같은 걸 좋아하지 않고 그래서 어떤 무리에도 끼지 않고 또 모범생들처럼 교사나 부모의 사랑을 받기 위해 전전긍긍하는 것도 아니고 추리소설과 SF에 둘러싸인 자기만의 세계가 있으니까요. 보통 이런 특별한 개인은 어디서나 왕따가 됩니다. 그건 꼭 학교에서만 벌어지는 일은 아니지요. 우리 사회 어디서나 마찬가지입니다. 우리 약한 사람들은 독특한 사람들을 잘 견뎌내지 못하니까요."

여자 없는 남자들

나는 이런 남자를 제외한다.

인간에 대한 예의가 없는 남자.
1인칭 주어를 모르는 남자. (오빠가 말이야, 오빠가 해줄게.)
종교가 있는 남자.

이 세 가지만 제외했을 뿐인데도 나는 편협한 연애를 해왔다. (대체 어디에서 그런 희한한 남자들을 찾아서 만나는 거야.) 1년 이상 만났던 남자들은 많은 공통점이 있었다. 사실 '공통점'이라고 적기에는 무렴한 데가 있다. 통계 표본이 셋밖에 없으니.
그러니까 반에 한 명씩은 있는 이런 남자 말이다. 방에 들어박혀 기타를 독학하며 학창 시절을 보내고 하루키 정도의 책을 읽고 니체를 간혹 인용하는 공대 나온 남자. (심지어 고등학교 때 만난 친구는 이별 후 공대에 진학하게 된다.)

그들은 하나같이 찌질했다. 그게 내가 좋아하는 지점이었다. 전혀 고민할 게 아닌 것에 오래 침잠하는 사람들. 함께 듣는 음악에 비슷한 감동을 느끼는 사람, 같은 순간에 '아' 낮은 탄성을 뱉는 사람, 치열하고 가난한 삶에 감탄할 줄 아는 사람, 내 눈에만 보이는 아름다움을 공유할 수 있는 사람, 쓸데없는 것들을 아는 사람, 책을 읽기는 하지만 많이 읽는 건 아닌 사람.

책을 읽어줘, 나와 이야기해줘, 그러고도 내가 제일 잘 쓰는 줄 알아줘.

인간에 대한 예의는 중요하다. 진정성을 받아들이려고 노력하는 사람이라는 의미이다. 사람에 대해 고민하고 상처 받기도 하는 사람이라는 소리다. 가령 뉴스에 살인자가 나오더라도 함부로 욕부터 하지 않을 사람이라는 말이다.

1인칭 주어를 모르는 남자와 연애를 한 적이 있다. 얼마 전엔가 TV 드라마에 나왔다던 이 대사를 몸소 실천하는 사람이었다. '연애는 혼자 할 수 있는 걸 굳이 상대방이 해주는 것'이라고 했던가. 다정함은 좋다. 나는 당당하고 강한 페르소나를 연출하는 데 주저하지 않지만, 연애는 다르니까. 남들은 자유를 사랑한다지만, 나는 복종을 좋아하여요. 소위 말하는 '여자여자'하고 싶다. 그런데도 1인칭 주어를 모르는 남자와의 연애는 쉽지 않았다. 너도 사람이고 나도 사람입니다. 복종도 주체적으로 하고 싶습니다. 도무지 대화가 되지 않는다.

'오빠'라는 말을 싫어하는 남자와는 오랜 연애를 했다. '오빠'는 단순히 호칭이 아니라 그 안에 담긴 권력을 옮기는 일이므로 우리의 대화는 어렵지 않았다. 그러나 몇 년 뒤, 술을 마시고는 "나 오빤데 너 왜 나한테 오빠라고 안 해!" 투정을 부렸다. (됐어, 이것 봐. 남자는 다 똑같아!)
이게 반전인데, 사실 난 '오빠―오빠오빠, 오빠아―' 길게 늘인 오빠를 좋아한다. 필요할 때만 길게 늘여서 부르는 나의 영악함을 좋아한다.

종교는 사실, 있는 사람과 연애를 해본 적이 없어서 잘은 모르겠다. 그러니까 이건 종교에 대한 이야기가 아니라는 거다. 신봉하는 '절대적 가치'가 있는 사람은 아무래도 무섭다는 이야기다. 나의 불온함을 받아줄 수 없을 것 같다.

어쨌거나 이렇게 적고 보면 세상에 그 수많은 남자들을 만날 수 있을 것 같지만 영 쉽지가 않다. 간혹 친구들은 내게 눈이 높다고 하는데 나는 억울하다는 듯이 토를 달겠다. '이건 높고 낮은 게 아니야. 까탈스러운 거다!'

아직 연애를 하던 시절, 남자친구가 물어본 적이 있다.
"사실 그냥 여자가 없는 남자, 혹은 연애 기회가 별로 없었던 남자를 만난 거 아냐? 블루오션 같은 거라든지."
이건 듣기에 꽤 무례하기까지 한 말이었지만 나는 차근차근 생각해보기로 한다. 생각해보니 틀린 것도 아니다. 저평가 우량주를 알아보는 눈. (근데 정작 내 계좌의 주식은 왜 이모양이지.)
중학교 1학년, 나는 '또' 짝사랑을 하고 있었고 친구가 대체 그를 왜 좋아하는지 모르겠다며 물었다. 그는 웃을 때 굉장히 크게 웃어. 그러고는 자기가 크게 웃은 게 쑥스러워서 잠시 주변을 살필 때가 있어. 그는 남에게 모르는 것을 알려줄 때 어쩐지 미안해하는 표정을 지어. 모르긴 몰라도 학창 시절 그를 짝사랑한 건 나뿐이지 않을까 싶다. 특별히 그것을 노렸는지는 모르겠지만, 인기가 많은데 나만 사랑하는 사람보다는 그냥, 나만 사랑할 수 있는 사람이 좋다.

누구도 그를 몰라. 나는 그게 그의 장점이라는 걸 알아.

연애를 할 때마다 구원을 생각한다.

연애는 잘되지 않는다. 나는 연애를 하기보다 대화를 하기에 좋은 사람이다. 경험과 관심의 스펙트럼이 넓어서 어지간한 대화는 무리 없이 이어나갈 수 있다. 말이 별로 없는 사람과의 대화도 두렵지 않다. 적당한 화제를 꺼내 이야기를 하면서 중간중간 구체적인 질문을 던지기. 적당한 때에 적당한 호기심을 갖고. '난 누구랑 이렇게 몇 시간씩 통화를 해본 적이 없어. 신기하다' 같은 말은 몇 번쯤 들었다.

그러면 이게 문제인 것이, 그냥 신기하다는데, 나는 그걸 관심과 애정으로 이해한다는 것이다. 길 가다 본 신형 휴대폰에 얼굴 인식 기능이 있다고 해서 와 신기하다, 했다고 집에 가져가겠다는 말은 아닌데 그걸 몰라.

연애만 안 하면 참 똑부러진 애라는, 어쩐지 남자 없는 여자들이 자주 들었을 것 같은 말을 나도 몇 번 들었다. 자존

감 스위치가 무슨 '연애 ON' 버튼인 줄 알고 연애만 시작하면 딸칵. 그런데 지금 생각해보니 나는 사실 엄청나게 자존감이 높은 것일 수도 있다. 그냥 신기하다는데, 저 사람이 나에게 관심이 있다고 받아들인다는 거지. 이처럼 매력적인 나를 안 좋아할 리가 없어, 그러니까 신기하다는 저 말은 나한테 관심 있다는 거야, 까지 생각하는 건 아니지만 어쨌거나.

나는 여자 없는 남자들, 하고 적었지만 사실은 거의 한 남자를 생각했다. 몇 년을 만나서 몇 년 동안 헤어진 남자 하나를 생각했다. 간혹 친구들이 물었다.

"그 사람이랑은 잘 지내?"

"아직도 헤어지고 있어."

"잘 지내는구나."

모르긴 몰라도 나는 중간에 헤어지고 다른 사람을 만나기도 했지만 그는 아마 다른 여자를 만나지 않았을 거다. 그의 말을 믿는다기보다는, 딱히 여자에 많은 관심이 있지 않으니까. 그러니까 날 엄청나게 사랑해서 어쩔 줄 몰라서 다른 여자는 눈에 들어오지 않는 게 아니라 원래 여자가 눈에 잘 들어오지 않는데 그나마 내가 어떻게 어떻게 꾸역꾸역 기어들어갔달까.

나는 자꾸 꾸역꾸역 기어들어가는 것 같다, 관계에.

정확하게 그의 표현을 빌리자면 그는 연애를 범애로 했다.
편애가 없는 연애가 무슨 연애냐. 나는 몇 번이나 진심으로
말했다. 딱 제발, 여자 두 명만 만나고 와서 다시 연애하자.
연애를 하면 당연하게 이어지는 것들이 쉽지 않았다. 가령
손을 잡고 길을 걷는다든지.

"공공장소에서 과도한 애정 표현은 금지야."
어디가 과도하지? 어디가 과도해?
연애도 범애로 한다더니 공공장소를 사랑하는 마음과 나
를 사랑하는 마음이 같았나보다.

나는 어쩌면 너무 잘 맞받아치는 여자라서 아무래도 연애
가 힘든 게 아닌가 하고도 생각했다. 크리스마스를 앞두고
그에게 물었다.
"우리 크리스마스에 뭐할까?"
그가 대답했다.
"난 크리스천이 아니라서 크리스마스를 기념할 수 없어."

내가 대답했다.

"사회적 관습을 기념하여, 크리스마스에 뭐할까?"

때로 어떤 남자들은 말을 재밌게 한다고 다가왔다가 바로 그 지점 때문에 떠나기도 했다.

넌 너무 말이 많아.

그러면 나는 또다시 내가 말이 많아서, 내가 말을 잘해서, 그걸 잘 옮겨 적어서 나를 좋아한 남자에게 돌아가기도 했다. 내가 생각하는 나의 장점을, 누구도 그게 장점인 줄 몰라도 그게 장점인 걸 알아주는 사람, 그러니까 내가 귀엽거나 사랑스러워서가 아니라 (물론 그게 아닌 건 아니라고 하자) 내가 재밌어서, 때로 똑똑하기도 해서, 글을 잘 써서, 좋아한다는 남자. 글이라는 게 나한테 아무래도 중요하다고, 나는 글 밖에서 생각하는 것이다. 내 글이 가진 매력이라는 게 있다면 이런 게 아닐까, 하는 지점을 정확하게 짚어주는 사람.

그는 몇 년이 지난 뒤에도 내가 고깃집에 가면 고기는 안 먹고 냉면이나 된장찌개 같은 걸로 배를 채운다고 불평했고 나는 어떻게 그 오랜 시간동안 내가 고기를 좋아하지 않는

다는 걸, 그렇지만 네가 좋아하니까 꾸역꾸역 고깃집에 가
서는 냉면 같은 걸 먹는 거라는 걸, 어떻게 모르나, 서운하
다가도 고기 따위는 몇 년이라도 먹어주겠다고 결심하게 되
고 말았던 것이다.

되거나 되지 않거나

"등단을 할 거면 어서 해야 돼. 이러다간 우리 동기들이 심사를 보겠어."

오랜만에 만난 동기가 말했다. 동기들은 모 출판사의 당선자가 그렇게 어리다는 이야기를 했지만 너무 어려서 별다른 위기감이 느껴지지 않았다. 나는 1984년생. 그래도 책을 펼치면 작가의 나이를 확인하는 습관 정도는 생겼다.

"그러네. 어서 해야겠네."

내가 대수롭지 않게 대꾸했더니 다른 동기가 의외라는 듯 물었다.

"넌 등단 안 한다며?"

그러고 보니 오랜만에 생각이 났다. 대학에 입학하고 얼마 안 돼서 선언한 적이 있다.

난 등단 안 해.

다들 등단 얘기만 하니까.

사실은, 꼭 그것만 있는 건지 확신이 없어서. 무턱대고 학교에 들어가니까 넌 소설 전공이니, 시 전공이니, 이렇게만 물어서. 세상에 둘밖에 없는 것처럼.

그래도 한 스물쯤에는, 스물여덟이 되면 등단을 하고 첫 책을 내야지, 했던 적도 있었다. 첫 책은 훨씬 빨랐고 등단은 훨씬 느릴 것 같다. 첫 책이 나온 후에 편집자 선생님이 말씀하셨다.

"연주씨, 등단해야죠."

나는 슬슬 주저한다. 나는 등단을 하고 싶은 것 같아. 그러면 어디 가서 '글을 쓴다'고 할 수 있지 않을까? 누가 직업을 물어보면 '작가'라고 대답할 수 있는 허가증 같은 걸 주는 느낌이랄까. 근데 또 그게 정말 그럴까. 자, 등단을 했다고 하자. 그러면 또 정말 어디 가서 '작가'라고 대답할 수 있나. 차라리 일을 그만둔다면 어디 가서 글을 쓴다고 할 수 있을지도 모르겠다. 나는 아이들을 가르친다고 대답한다. 국세청이 결정해준 나의 정체성이다. 세금 많이 내는 쪽이 직업이죠. (등단해도 여전히 아이들을 가르치는 쪽에서 세금을 많이 낼 것 같은데.)

글을 쓸 때마다 여전히 일희일비하고 추적추적하지는 않은 감정, 그래도 책을 읽고, 사랑할 수밖에 없는 문장들이 있고 얼만큼의 고민을 하면 이런 문장이 나올 수 있을까, 나는 주저하고, 내가 적지 않은 것과 적어버린 것과 적지 않을 것에 대해 고민하고 이제는 조금, 적을 것을 생각하는 것에 익숙해지는 것 같다.

소설을 쓰는 흥은 다들 젊은 작가의 참신함이라든지 실험정신을 좋아한다며 고민했고 나는 그럼에도 불구하고 사소하고 간절한 것들을 어떤 참신도 실험도 없이 어디 한번 해보자고 했다. 나에게 없는 것을 시도하기에는 아직 좀 가진 게 있다는 생각이 든다.

가진 게 있나. 그게 무엇인가.

'소설소설'하고 소설에 대해 너무 오래 수박의 겉만 핥아왔다. 생각해보면 내 인생을 통틀어서 단편을 다섯 편 정도밖에 완성하지 못했다는 걸 떠올렸다. 며칠 전 소설가 ㄱ선생님과 술을 마셨다. 선생님은 소설 한 편을 쓰는 데에 200시간 정도를 쓴다고 하셨다. 200시간이면 하루에 여섯 시간 넘게 한 달 내내 쏟는 셈이 아닌가. 이게 가능한가.

ㄱ선생님의 발표되지 않았을 소설들을 생각해봤다. 퇴고하고 퇴고하고 퇴고하고 퇴고하고. 버려진 것들마저도 얼마나 훌륭할까.

'일만 시간의 법칙'이라는 말을 들었다. 한 가지 일에 일만 시간을 쏟으면 전문가가 된다고 했다. 자, 보자. 한 편에 200시간을 들여서 50편을 쓰면 전문가가 된다는 건데, 벌써부터 막막하다. 낮은 잡음뿐이고 변명이 난무하다.

되거나 되지 않거나는 지금 생각하지 않기로 한다.

나폴리맛 리소토

나폴리에서는 거의 매일 와인을 마셨고 책을 한 권씩 읽었다. 열두시 넘어 어렴풋이 일어나면 집은 비어 있었다. 나는 테라스로 나가 기지개를 켰다. 소란스러운 나폴리의 점심이 팔 아래 가득 들어왔다. 간혹 집주인인 제나에게 전화가 오기도 했다. 나는 어제 테라스에 널어둔 옷을 대충 걸치고 제나가 연주하는 곳으로 갔다. 볕이 들어 약간 따뜻한 기운이 배어 있었다.

제나는 스파카 나폴리 거리에서 하프를 연주한다. 철학을 전공했고, 어느 쪽이 부업인지 모르겠지만 어린이들에게 고대 희랍어를 가르치기도 한다. 그녀는 쾌활하다. 그녀의 뒤를 따라 걷다보면 절로 리듬이 생긴다. 나폴리의 '거리 예술가 공동체' 같은 게 있는 모양인지 거리의 사람들은 대부분 서로 잘 알고 있는 듯했다. 제나는 나를 데리고 다니면서 '꼬레아나 주'라고 인사를 하도 시켜줘서 나폴리에 도착한 지 이틀 만에 길거리에 아는 사람들이 생겼다.

"챠오! 꼬메스타이? 베네!"

제나의 친구들은 거리에서 그림을 그리거나 요리를 하거나 악기를 연주하거나 오페라를 부른다. 밤이면 별다른 약속도 없이 모여 돌아가면서 와인을 한 병씩 샀다. 누가 먼저 사든지 집에 갈 땐 공평하게 한 병씩은 샀던 것 같다. 와인 집을 나서면 알베르토가 이름을 알 수 없는 악기를 들고 나온다. 악기는 자주 바뀌었다. 어떤 것은 아코디언 같았고 어떤 것은 전통 악기인 듯한 타악기였는데 모두 다 듣자마자 까먹을 수밖에 없는 이름들이었다.

영어를 잘할 줄 아는 친구가 없었고 나는 나폴리탄을 들으며 함께 웃었다. 무슨 말인지는 몰라도 다들 웃으니까 웃어야 하는 덴가보다 하고 웃었는데 그러다 보니 정말로 웃겼다. 어느 지역을 가든 그런 게 있겠지만 나폴리탄도 꽤 다양한 데에 자부심을 갖고 있어서 음식이든 노래든 언어든 하루에 몇 번씩 고개를 돌려 내게 말했다.

"이건 이탈리안이 아니야. 이건 나폴리탄이야."

"제나, 넌 나폴리 출신이 아니잖아."

"난 나폴리에 입양된 거야. 그렇지, 입양."

열여덟에 집을 나온 제나, 시칠리아에서 온 제나, 나폴리에서 열여덟 해를 보낸 제나. 와인을 비우고 돌아와서는 저녁을 먹기도 했다. 제나가 노래를 부르다보면 옆방에서 프란체스코가 나와 기타를 치기도 했다. 나는 식탁 옆 소파에 쭈그리고 앉아 와인을 마저 마시거나 책을 읽었다. 요리는 제나와 친구들이 했고 나는 설거지를 했다. 이탈리아에서는 매일 파스타, 라자냐, 피자, 라자냐, 파스타를 먹어도 한 번도 같은 음식을 먹은 적이 없었다. 그들은 처음에는 영어로 대화하다가 이내 이탈리아어로, 아니, 니폴리탄으로 대화했다. 가끔 좋은 음악이 나오면 누구의 음악인지 알려주었다. 나는 찾아보거나 찾아보지 않았다. 제나는 가끔 술에 취하면 희랍어를 했다.

잠들기 전엔 제나가 시칠리아의 노래를 들려주었다. 나는 시칠리아에 꼭 갈 거라고 했다. 나는 지금도 가끔 녹음해온 제나의 노래를 듣는다.

시칠리아에는 아직 가지 못했다.

가조쿠데스까

하루에 고레에다 히로카즈의 영화를 세 편이나 연달아 보았다. 〈바닷마을 다이어리〉, 〈그렇게 아버지가 된다〉, 〈걸어도 걸어도〉. 가족의 영화랄까, 가족이 되는 영화랄까. 별다른 갈등도 없이 저렇게도 풀어낼 수가 있구나. 아름답기만 한 인물들이라 도무지 현실성이 없는 것 같으면서도 깊은 통찰이 없으면 나올 수 없는 몇몇 장면들에 나는 내내

가족입니까, 가족입니다. 가족인가요, 가족이지요.

결혼을 생각하면 이런 아침을 그린다. 남편은 밥상머리에 앉아 신문을 보고 나는 찌개를 내려놓으며 "당신, 자꾸 그렇게 밥 먹으면서 신문 좀 보지 마요" 짜증을 내며 찌개 뚜

껑을 열면 손끝이 약간 뜨거울 정도로 매콤한 김이 오르고, 의자에 앉아 수저를 들라치면 아들은 텔레비전에 빠져 있어서 "밥 먹으면서 텔레비전 보는 거 아니야. 넌 정말 누굴 닮아서 맨날 딴짓만 하니. 그러니까 공부할 때도 집중을 못하고 그러지" 잔소리하면 "아빠도 신문 보잖아" 텔레비전에서 눈도 떼지 않고 대답하는 아침.

요즘 세상에 누가 신문을 본다고.
내 꿈을 스마트폰이 망쳤네.

작년 엄마 제사 때 오빠가 물었다.
"엄마는 닭을 좋아하셨나?"
"네."
대답을 해놓고 생각해보니 닭을 좋아한 게 아니라 닭볶음탕을 잘 만들었던 것인데 뭐 당신이 좋아하니까 잘 만들지 않았겠나 하고 생각하면 너무 안이한가. 그렇다면 엄마는 무슨 음식을 좋아했나.

엄마는 아는 옛날이야기가 많지 않아서 몇 개의 이야기를 반복해서 들려줬다.

"가난한 엄마랑 아들이 살았는데, 엄마는 아들 먹이려고 생선을 구우면 항상 아들한테 몸통을 준 거야. 그래서 아들이 엄마도 몸통 먹으라고 하면 엄마는 맨날 대가리랑 꼬리만 먹었어. 엄마는 대가리랑 꼬리가 좋다, 그러면서. 그런데 아들이 커서 장가를 가서 며느리가 어머니 앞에다가 생선 몸통을 놓아주는데, 아들이 그러더라는 거야. 우리 엄마는 대가리랑 꼬리를 좋아해."

엄마는 이 이야기를 들려줄 때면 항상 덧붙였다.

"엄마는 몸통을 좋아해. 대가리랑 꼬리는 못 먹는 거야. 엄마는 몸통이 좋아."

난 몸통이 좋다고 또박또박 반복해서 들려주는 엄마가 좋았다. 엄마들은 사실 몸통을 좋아한다는 것을 안 것만으로도 세상의 모든 어른을 배운 것 같고, 이런 건 또래 애들은 아직 모르겠지, 걔네는 아직도 엄마가 대가리랑 꼬리만 좋아하는 줄 알겠지, 하고 나면 뿌듯해지곤 했다.

그러면 엄마는 또 생선을 좋아하셨는가 하면, 모르긴 몰라도 그건 아닌 것 같다. 나는 바다에 꽁치랑 고등어랑 멸치랑 조기만 사는 줄 알았으니까. 내륙 사람이라 엄마도 생선을 별로 못 먹고 자랐고 엄마가 못 먹고 자라서 나도 못 먹고 자랐다. 고기도 먹어본 사람이 먹는 법이지. 도무지 익숙지가 않아서 이모부가 가끔 끓여주던 생선 넣은 찌개를 도저히 참을 수 없었다. 이모부, 원래 붕어를, 먹는 거예요? 붕어가 원래 찌개에 들어가도 법적으로 아무 문제 없는 거예요?

그나마 자주 먹던 생선이 꽁치였는데, 엄마가 딱히 꽁치를 좋아했던 것은 아닌 것 같고 그냥, 포장마차를 하니까. 초등학교 시절 내 도시락 단골 메뉴, 꽁치와 닭똥집. 엄마가 조기는 좋아했던 것 같지만 이제 와서 누구한테 물어볼 데도 없고. 그런가 하면 엄마는 추어탕집을 하기도 했었다니까 내가 생각하는 것보다 생선을 좋아하지 않았을까 싶기도 한데, 이거 뭐, 역시 지금 와서 누구한테 물어볼 수도 없다. 나는 세상에서 떡볶이랑 냉면이 제일 좋은데, 냉면은 역시 함흥냉면이지! 평양은 기생이고 냉면은 함흥이야, 하고 보니까 엄마가 냉면을 좋아했던 게 떠올랐다. 주말이면 맛있다는 냉면집을 돌아다니면서 여기엔 뭐가 들어갔네, 이건 정말 고기 육수네, 그랬다. 엄마가 냉면을 좋아했다고 해도 어쩐지 제사상에 올라갈 일은 없을 것 같으니까 어쨌거나 당분간 엄마는 닭을 좋아했던 것으로 하자. 생각해보면 그게 또 꼭 아니라고도 할 수 없는 것 아닌가.

그렇다면 아빠는 뭘 좋아했나. 아빠에 대해서는, 그나마 조카들이 나보다 아빠를 더 많이 봤기 때문에 은근슬쩍 물어보기는 하지만 그 정도는 외사촌들에게 들어왔던 거랑 별다르지 않은 것 같다. 사촌언니가 말한 적이 있다.

"좋은 사람이었어. 너네 아빠는 큰이모가, 오른쪽이 맞는데도 왼쪽으로 가자고 하면 왼쪽으로 가는 사람이었어. 참 사람이 좋았지. 얼마나 다정하고 친절했다고."

묘하다. 어쨌거나 나는 사생아니까, 아무래도 외가에서 아빠가 좋은 사람이 되긴 쉽지 않은 일인데도 그 어려운 일을 해냈다. '좋은 사람'이라는 말을 듣는 아빠를 보면……

와. 진짜 좋은 사람이었나보다. 어느 정도 좋아서는 안 될 거고, 진짜 진짜 좋은 사람이었나봐.

고레에다 히로카즈의 영화는 이런 좋은 사람들이 모여서 되는 것인가!

무엇을 말해야 하나요

생각을 해보자. '조국'이라는 단어를 들으면 사람이 떠오르지, 대한민국은 잘 안 떠오른다. 나는 세 개의 여권을 갖고 있고 열일곱에 받은 첫 여권에는 '나는 자랑스러운 대한민국 국민입니다'라고 적은 적도 있다. 해외에 나가면 기념품처럼 갖고 온다는 애국심이었을 수도 있고 정규 교육 과정을 훌륭하게 마친 사회적 인간이라는 증명일 수도 있다. 나도 제법 어렸을 때는 '민족중흥의 역사적 사명을 띠고 이 땅에 태어'난 적이 있다.

물론 지금은, 나 같은 건 역사적 사명을 띠고 이 땅에 태어났을 정도로 대단한 인간이 아니라고 생각한다. 사실은 내가 역사적 사명을 띨 필요가 아무래도 없다고 생각한다. 그냥 태어났는데 어쩌다보니 대한민국이었고 태어난 나라가 잘살아서 다행이다 싶다가도 내가 내 나라를 다행이라고 생각하면, 생각 속에서라도 다행이지 않은 나라를 차별하는 것 같아 흠칫, 뭐 이런 정도로 살고 있다.

엄마의 '조국'은 사람이 아니었다. 나의 어머니는 우리의 많은 어머니처럼 박정희 전 대통령을 왕이라고 생각했다. 아직 열 살도 되지 않은 나를 앉혀놓고 죽은 왕을 섬겼다. 문학을 공부하겠다고 하자 이모는 반대했었다. 국문과 같은 델 가면, 여자애들이 오빠한테 '형형'거리면서 술 마시고 담배 피우고 데모하는 거라고 했다. 데모만 빼면 그렇게 틀리지도 않았다. 나는 데모에 빚을 진 느낌을 지울 수가 없다. 문학이 말해야 하는 것들에 대해 고민한다. 실천하는 삶에 자주 열등감을 느낀다.

어떤 글을 쓰고 싶냐는 질문을 받은 적이 있다.
"글 같은 건 관심도 없고 글 같은 건 읽을 수도 없는 사람들의 이야기를 쓰고 싶습니다."
그건 위선이었다.

나는 그때 분명히 그렇게 믿었지만 위선이었다. 나는 무엇을 적어야 할지 모르겠다.

나는 엄마를 쓰고 싶었다. 일본이 나라를 근대화시켜줬다고 믿은 엄마. 결국 나폴레옹과 스노볼 사이에서 왔다갔다 하는 권력을 못 보고 손에 쥐어본 적 없는 멋진 신세계를 믿은 엄마. 대통령이 사이렌을 울리고 다들 부지런했던 그 시절을 아름다워했던 엄마. 열심히 살았지만 복서만큼의 힘도 없던 엄마.

얼마 전 『베트남전쟁의 한국 사회사』를 읽었고 나는 더이상 베트남전쟁을 비난할 수만은 없었다. 참전 때가 인생의 가장 아름답고 자랑스러운 순간이었다는 한 어르신의 인터뷰를 보았다.
베트남전쟁은 결국 베트남의 승리였으므로 한국 정부의 사과는 그들의 자존심을 깎는 행위라는 이야기 뒤에 나온 라이따이한의 인터뷰 동영상을 보기도 했다.
내가 적고 싶다고 한 사람들은, 어쩌면 나는 상상도 해본 적 없는 사람들이 아니었나. 나는 함부로 분노하거나 비난하거나 연민했다. 내가 뭐라고.

위안부 관련 영화를 보고 온 한 학생과 대화하면서 학생의 분노를 고스란히 바라보았다. 모두가 안타까운 일이다. 사과를 받아야 한다. 이건 말할 것도 없는 일이다. 나는 가늠할 수 없는 시간을 살아내신 분들이다.

다만 또다른 믿음을 생각하는 것이다. 애국은 숙명이며 다른 나라를 약탈하는 행위가 애국이라고, 안 믿었을까. 사람을 죽이면서 나는 지금 민족중흥의 역사적 사명을 띠고 있다고 생각, 안 했을까. 사람을 죽이고 있다, 고 생각하면서 사람을 죽일 수 있나. 그 수많은 사람들이. 나는 이런 게 슬펐다. 화가 나지 않고 슬퍼서 나는 역시 문제라고 생각했다. 일본인 위안부는 또 어떻게 살았겠는가. 가해자의 나라에서 피해자로 사는 건 또 무엇이겠으며. 나는 불온하다. 어떤 말을 해도 함부로 말해지는 것 같다. 나는 배때기 불러서 집에서 맥주캔이나 까 마시면서 본다, 죽음과 죽음을. 이해도 없이 함부로 연민도 한다.

내가 나를 300번 비웃어도 당신을 위해 한 번을 울 수가 없다. 함부로 울어버리면 당신들은 무엇이 되나.

예술을 하는 사람들은, 특히 글을 쓰는 사람들은 사회적 관심에 대한 의무를 져야 하는 것인가에 대해 친구와 이야기했고 나는 변명을 했다. 나를 비웃기에도 부족한 날들 속에서 내가 할 수 있는 이야기와 내가 하는 이야기와 내가 하고 싶은 이야기를 생각한다. 잘 들어맞지를 않는다.

『다다를 수 없는 나라』, 『존재의 세 가지 거짓말』, 『사요나라, 갱들이여』 같은 소설을 쓰고 싶다고, 뭐 추천받을 만한 책이 없을까 주변에 물었더니 역사소설을 권했다. 의아했다. 다시 생각해보니 아, 맞아, 난 세계대전이나 전공투를 읽었던 것은 아니었는데.

나는 반성한 나에 대해 또 반성을 하고는, 친구에게 말했다. "어쩌면 글을 쓰는 사람들이 사회에 관심을 가져야 한다는 것 자체가 일종의 권위의식은 아닐까. 그러니까 '식자층'이라는 말이 있잖아. 오랫동안 글 아는 사람들이 지배층이었고 우리는 아직도 그런 의식을 갖고 있어서 글을 쓰는 사람이라면 응당 사회에 관심을 가져야 한다고 생각하는 건 아닐까. 세상을 약간 돌려보면 지배층 아닌 글 쓰는 사람이 뭐 얼마나 있었다고. 그러니까 사회에 대한 관심을 배운 자의 의무로 보는 시선 자체가 다시 좀 생각을 해봐야 하는 게 아니냐는 거야. 나는 내가 그런 의무를 져야 한다고 생각하는 것 자체를 좀 반성해야 하는 게 아닌가 하고."

이건 어떤 변명이었을까.

어떤 사람들은 세상을 개탄했고 나는 어떻게도 세상을 바꾸는 데에 아무것도 하지 못할 인간이라는 걸 실감했다. 그러나 세상은 아무것도 바꾸지 못하는 사람들이 묵묵하게 바꾸어가면서 돌아가는 게 아닌가. 우리가 영웅을 찬양할 때 내 가족이 소중해서 영웅이 되지 못한 사람들의 사랑이 결코 작은 게 아니다. 세상은 자꾸 영웅을 만든다. 우리는 두렵고 외로워서. 이타를 긍정적인 가치로 만들어놓아야 다른 사람들이 날 도와줄 수 있으리라는 안심을 할 수 있어서. 착하게 살아야 한다고 해두어야 나를 해치지 않으리라는 믿음이 생겨서. 나는 이렇게 작고 사소해서 나의 영달과 부귀를 소중하게 여기며 세상에 대해 무엇도 하지 못하고 텔레비전에 나오는 아프리카 난민을 연민하는 심정으로 안타까워하겠지. 채널을 돌리겠지.

그러나 사람은 어쨌거나 그럴 수도 있는 법 아닌가. 나 말고도 개탄할 사람들이 많이 있을 것이고 그들이 세상을 바꿀 것이고 나는 덕분에 감사합니다. 하고 살아가려고.

그렇게 할 수밖에 없으리라는 생각이 들었다.

뉴스에서 '대통령 탄핵 촛불 시위'에 반대하는 보수 단체의 시위를 보여주었다. 인터뷰가 나왔다.

197

"세계 12~13위의 경제 대국이고 올림픽 나가도 10위를 하는데 이런 기반을 누가 만들었나. 박정희 대통령이죠."
어떤 대통령이었는지는 논외로 하고, 딸이 세자 교육을 받은 것도 아닌데 왜 딸을 지지하는 건지도 모르겠다는 점도 논외로 하고, 그냥 그 발언만을 생각하면,

저기 아저씨, 그건 당신께서 만드신 겁니다. 당신께서 먹을 거 입을 거 아껴서 만드신 거예요. 대통령은 따스운 밥에 따스운 국 먹을 때 당신이 맨밥에 물 말아가면서 만드신 거예요.

나는 자주 무엇을 말해야 하는지 모르겠다. 무엇을 쓸 수 있는지 모르겠나. 나는 내가 쓰고 싶다던 사람들을 조금도 이해하지 못하는 게 아닌가, 쓸쓸해졌다.

결국 우리는 다,
살아가는 겁니까.

원하는 것을 얻은 적도 없지만 이게 어쨌거나 생이겠거니, 하고 받아들이며 사는 것이 결코 무지한 것은 아닙니다.

평범하게 살고 싶다는 평범한 뻥

'평범하게 살고 싶다'는 말을 평범하지 않을 정도로 많이 했다. '평범하게 살고 싶다'고 말하는 순간, 나는 이미 특별하거나 독특한 사람이 된 것 같아서 참 열심히도 평범하게 살고 싶다고 뻥쳤다. 결코 평범하게 살고 싶었던 적은 없었다. 종종 '평범하고 작은 행복의 순간'을 꿈꾼 적이 있긴 하지만 그건 단지 어느 하루 옆집 과자가 맛있어 보인 것뿐이다. 과자 좀 맛있다고 엄마를 바꾸고 싶은 건 아니지. 나는 특별하게 살고 싶었다. 특별하려면, 특출하거나 별나야 했으므로, 나는 일찌감치 별나기로 했지만 별반 별나지도 못하고 서른다섯 살이 되고 말았다.

제길.

열한 살의 짝사랑. 이름이 비슷해서 선생님이 부르시면 종

종 둘이 함께 일어났다. 하지만 성적만큼은 결코 같이 일어
날 법하지 않아서, 나는 공부를 시작했다.

'난 쟤를 좋아해. 그러니까 쟤를 이겨야겠어.'

내 연애 법전에 있는 제5법칙 정도 된다. 멀쩡한 사랑도 견
고하게 깨뜨리는 법칙이랄까. 문제는, 그애를 이기려면 전교
생을 다 이겨야 한다는 데에 있었다. 자질구레한 몬스터를
다 클리어하고 만신창이가 되어서는 마지막 스테이지! 어디
한번 붙어보자! 나는 그때 꿈을 꿨다. 나중에 우리가 중학
교에 같이 가게 되면 나란히 입학 선서를 했으면 좋겠다. 선
서는 남자 1등, 여자 1등이 공동으로 한다는 것 같았다. 나
는 초등학교 6학년 때만큼 열심히 공부한 적이 없었다고 감
히 말할 수 있다. 하루에 서너 시간씩 자면서 초등학교 전
과정에 중학교 1, 2학년 과정을 마쳤다. 러브러브 풀파워.

그 아이는 중학교에 들어가서 예쁜 여자아이랑 사귀더라.

친구가 말했다.
"연주야, 공부를 하지 말고 살을 빼지 그랬어."

내 사랑은 그렇게 떠나고 나는 혼자 남아, 그냥 학교 수업이 좀 수월해졌다. 수월하다고 우월한 건 아니었다.

내가 살던 동네는 부자들이 많은 곳이었다. 아빠 차는 그랜저, 엄마 차는 소나타, 같은 공식도 있었다. 그랜저 V6 3000 같은 걸 알아보는 초등학생이 전국적으로 흔하지는 않았을 것이다. 전 국민이 다 아는 그룹의 자녀들도 있었다. 아이들은 하나같이 하얗고 근사했다. 나는 뒷자리에 앉아 골몰히 생각해봤다. 내가 아무리 돈을 벌어도 무슨무슨 그룹을 세울 순 없어. 내가 아무리 얼굴을 벅벅 닦아봤자 그토록 하얗게 예뻐질 리가 없다. 나는 아주 쉽게 포기했다. 그즈음, 담임 선생님은 내가 글을 잘 쓴다며 나 대신 나를 추어올려줬고 모든 게 맞아떨어졌다.
그래서 나는 글을 좀 쓰기로 했다.

나는 곧잘 상을 받았지만, 백일장에서 받는 상 같은 건 아이들의 관심이 아니었으므로 나는 특출하지도 못하고, 결국 '상'이라는 제도에 속해 있는 것이므로, 게다가 백일장이야 항상 열리는 것이니 별나지도 못해서, 그냥 그랬다. 점점 외로워졌다.

사실 생각해보면 외로운 건 그보다 오래된 이야기였을 것이다. 세상에는 이해할 수 없는 것들이 너무 많았고 나는 이해하려는 노력을 해보기도 했던 것 같은데, 도무지 이해가 되지 않아 때로 패배감과 우월감을 느꼈다.

내 인생의 첫 고민을 떠올려보자. 다섯 살 즈음 엄마는 아빠에 대해 이야기해주었다. 나에게 아빠가 있기는 한데 여기 있는 것은 아니고 저기 어디에 있는데, 차근차근 설명해주었다. 그래서 나는 세상이 원래 그런 건 줄 알았다. 아빠라는 건 있기도 하고 없기도 한 건가보다. 그때 살던 동네는, 동네라고 할 것도 없는 곳이어서, 또래 친구가 없었고 트럭 기사 아저씨들만 우글댔기 때문에, 그렇구나, 가족이라는 건 아빠가 없기도 하고 부인이 둘이기도 하고 엄마가 없기도 하고, 하긴 저 터미널에 저렇게 아빠들이 많이 몰려 있으니 가족에는 아빠가 없을 수도 있는 거구나. 별로 놀라지도 상처를 받지도 않았다.

하지만 엄마는 마지막에, 다른 사람들이 물어보면 아빠는 돌아가셨다고 말하라고 했다. 사람들이 엄마와 나를 나쁘게 볼 거라고 했다.

최초의 고민.

엄마는 거짓말을 하면 안 된다고 했었다. 그때 내 세상의 법은 첫째, 차 조심. 둘째, 거짓말하지 않기. 그런데 지금 엄마는 아빠가 돌아가셨다고 하라는 것이다. 나는 곰곰이 생각했다. 아빠가 살아 있는데 없는 게 더 나쁜 일일까, 내 입으로 아빠를 돌아가시게 하는 게 더 나쁜 일일까.

외로워졌다.

최초의 불경.

교회는 오래 다녔었다. 어릴 때는 7시 20분이면 라디오에서 나오는 조용기 목사의 설교를 들으며 깼다. 엄마는 공부 잘하는 누구누구 딸은 부러워하지 않았지만 기도를 하다가 방언을 한다는 짜장면집 딸은 부러워했다. 나는 성가대니 찬양대니 임원이니 하는 것들을 해왔고 성경도 열심히 읽었다. 목사님을 따로 찾아가기까지 하는 애였다.

"전도사님, 하나님은 전지전능한 하나님이시잖아요. 그런데 왜 사람을 착하게도 만들고 못되게도 만들었어요? 다 착하게만 만들면 노아가 방주 안 만들어도 되고 소돔과 고모라를 불태우지 않아도 됐을 텐데."

믿음이 부족하다고 했다.

"그러니까, 봐봐요. 최초의 인간은 아담과 하와잖아요. 아담과 하와가 카인과 아벨을 낳았는데 카인이 아벨을 죽였잖아요? 근데 카인이 도망치면서 하나님한테 말한단 말이에요. 하나님, 제가 죄인인 걸 사람들이 알면 절 해칠까 두렵습니다. 아니, 아담과 하와가 최초의 인간이고, 에덴동산에서 쫓겨났고 그렇게 낳은 게 카인과 아벨인데, 대체 다른 사람은 어디에서 나타나서 카인을 해치는 거예요?"
믿음이 부족해졌다.

나는 종종 외로워졌고 그래서 비참해졌고 그렇기 때문에 내가 자랑스러웠다.

결국 나는 이렇게 별반 특출할 것도 별날 것도 없이 서른다섯이나 먹었다. 내가 이렇게 별나지 않을 줄 몰랐던 서른 즈음을 살고 있다. 이거, 이거, 상상도 못했는데! 별나지 않은 공부를 하고 별나지 않은 직업을 갖고 별나지 않은 외모로 별나지 않은 것들을 향유하며 별나지 않은 성격으로, 참, 성격은 별나다. 난 한 가지에 대해 남들보다 길게 말하는 초 타이어드 '집요집요 파워'가 있으니까.

날이 후텁지근하고 숨결에 더운 김이 끼치던 날이었다. 누군가가 단내가 나는 마른 입술을 움직여 나에게 "너는 네가 특별하지 않다는 걸 받아들이지 못해"라고 말했다.

결국 내가 하찮다는 것을 받아들이는 것만큼 어른이 되기 쉬운 방법이 어디 있나. 나는 오늘 한 번 더 어른이 되었지.

몸

가만히 몸을 들여다보면 주름이 늘어났다는 게 느껴진다. 아직 많은 주름이 질 나이는 아니기 때문에 목에 손등에 간간이 손가락 첫마디뼈가 시작하는 부근에. 가만히 손가락을 움직여보면 손허리뼈가 오르락내리락하면서 손등에 가늘고 얕은 주름이 진다. 언젠가 훨씬 더 나이가 들어, 예순이거나 칠순이거나 할 때 거울을 보며 내 몸에 찬찬히 새긴 시간을 생각하는 날도 올 것이다. 거울을 보며 미추를 가늠하지 않고 순수하게 시간을 바라보는 날도 올 것이다.

몸에는 흉터가 많다. 한 살 때는 화상을 입었고 두 살에는 교통사고가 났다. 열한 살에는 조각칼에 찔렸고 열여덟 살에는, 이야기가 있고 어쩌면 생사를 오갔을 흉터도 있고 물론 나는 흉터를 남기지도 않고 생사를 오간 일도 있었지만 어떤 것도 내 삶을 조금도 바꾸지 않은 것 같다. 하도 어렸을 때부터 갖고 있어서 아쉽지도 않고 재생 치료 같은 걸 받고 싶은 생각도 들지 않았다. 게다가 켈로이드 피부라서 흉터가 생기면 콜라겐 이상 증식으로 상처가 점점 커진다. 가슴에 난 여드름은 지름 5센티미터의 흉터가 되었다. 한 달에 한 번씩 주사를 맞아줘야 악화를 좀 더디게 할 수 있다.

켈로이드 피부를 가진 여자가 나오는 소설을 쓴 적이 있다. 켈로이드는 옷 같은 게 닿아서 마찰이 많으면 따갑고 가렵다. 따갑고 가려우면 흉터가 더 빨리 증식하는 것 같다. 옷으로 가리면 더 아프다는 이야기다. 말하지 못해서 상처가 되어버린 여자의 이야기를 썼다.
그럴싸하다고 생각했는데, 지금 이렇게 오랜만에 떠올렸더니 너무 적나라한 소설이구나. 이렇게 소설 한 편을 또 버리네.

운동이라는 걸 주기적으로 한 지 1년이 다 되어간다. 운동을 시작한 후로 거울에 몸을 비춰보는 일이 늘었다. 살짝 다리를 들고 몸의 어느 부분이 긴장하는지 느슨한지 가늠

한다. 허벅지에 힘을 주어 일어나면서 근육이 가볍게 떨리는 느낌을 바라본다. 스물여덟에는 멋진 몸을 갖고 싶었다. 스물여덟의 결심이었으니 서른쯤 되면 가질 수 있을 줄 알았다.

"내가 서른이 되는 날 밤에, 내 누드를 그려줘."

친구는 흔쾌히 알았다고 했다. 서른이 되는 날 밤에는, 술을 마시다 잠이 들었다.

내 몸에서 가장 마음에 드는 건 손이다. 나는 아기의 손을 가졌다. 아이들의 손가락은 위가 가늘고 아래로 갈수록 굵어진다. 나이가 들면서 점점 손마디가 굵어져 손가락은 일자 모양이나 관절이 굵어지는 형태가 된다. 나는 여전히 손끝이 가장 가늘다. 이건 자랑이었다. '일반적으로' 아름다운 손이 아니기 때문이기도 하다. 나는 나의 어떤 점은 일반적으로 아름다운 것이 아니기 때문에 자랑이 되고 어떤 것은 일반적으로 아름다운 것이 아니기 때문에 수치가 되는지 생각했다.

나는 일반적으로 추한 것을 자랑으로 삼고 싶어. 일반적으로 아름답지 않지만 내가 가졌으므로 아름다워지는 것들을 갖고 싶어.

추한 인물이 나오는 아름다운 소설을 쓰고 싶다. 기리노 나쓰오의 『그로테스크』를 생각했다. 바닥까지 추해서 되레 소름 끼치게 아름다운 인물이 등장하는 소설을 쓰고 싶다.

몸, 이라고 제목을 적고서 몸, 몸, 발음했다. 어쩐지 고양이 이름 같다. 몸, 몸, 하고 고양이를 부르면 몸, 몸, 하고 대답을 할 것 같다.

209

운동하는 여자

허리가 안 좋다. 아플 때면 간간이 요가를 했다. 요가란 게 신기해서 한 달을 하면 두 달 동안 허리가 안 아프고 두 달을 하면 넉 달 동안 안 아파서 버스 카드 충전하듯 해줬다. 의사가 아프면 약 먹듯이 운동하지 말라기에 밥 먹듯 해보려고 결심했던 것이다. 하지만 운동을 해본 적도 없었고 주변에도 운동하는 친구가 하나 없었다. 동기들은 체육대회 때 '빨리 지고, 와서 술 먹자'고 플래카드를 걸어두었는데 정말로 빨리 지고 와서 술 먹었다. 나로 말하자면, 운동이라니, 인간이 오랜 시간 노력하여 이룬 문명의 이기를 누리지 않고 굳이 달리기 같은 걸 하는 사람을 이해하지 못했던 인간이다. 그러니 뭘 어찌해야 할지 몰라 200만 원이나 들여 PT를 받기 시작했다. 하루하루가 전쟁이었다. 격일로 수업을 받았다. 한 달이 됐을 때였나.

"그래도 이제는 운동하고 집에 가서 푹 자고 일어나면 기분 좋죠?"

"네! 엄청 좋아요. 운동하고 자고 일어나면, 그날은 운동 안 하는 날이잖아요."

이런 식이었다.

식단 관리는 평일 내내 잘하다가 주말이 되면 술술, 술로 술술 풀리곤 했는데 주말이 이틀이나 되었다. "주말에 술 마시는 게 문제네요" 하길래 내가 어쩔 수 없다는 표정으로 "그러게요. 이게 다 친구 때문이에요. 이래서 어른들이 친구를 잘 사귀어야 한다고 했는데. 옛말 그른 거 하나 없다니까요" 남 일처럼 한탄했다. 코치님이 그 말은 그런 데 쓰는 게 아니라 친구의 인성에 관해서 쓰는 말이라고 친절하게 알려줬다.

저 국어 선생이에요.

난 아무래도 몸에 대한 기억이 늦다. 오른쪽 왼쪽도 잘 구별 못하고 위가 너무 아파서 병원에 갔더니 정작 아랫배에 탈이 난 적도 있었다. 그러니 운동의 자세를 외우는 일이 도통 진도가 안 나갔다. 제가 지금 어디에 힘을 줘야 해요? 저 지금 다리가 아픈데, 다리가 아픈 게 맞아요? 난 푸시업을 하고 나면 맨날 팔뚝이 아팠다. 플랭크를 해도 팔만 아파. 어떤 자세로 어디에 힘을 주고 또 배우고, 난 또 까먹고 백치미를 풀풀 풍기며 운동을 다녔다.

"또 까먹었어요?"

"초심을 잃지 않으려고요. 오래 다녔어도 항상 새로 다닌다는 마음으로."

"가르치는 분이 이렇게 못 외우시면 어떡해요. 애들이 보고 배우는데."

"괜찮아요. 제가 운동을 가르치진 않거든요."

가끔 숙제가 나오기도 했다.

"선생님이면 아실 텐데. 애들이 숙제 안 해오면 기분이 어떻겠어요. 저도 마찬가지예요."

"원래 학생은 숙제 안 해오고 그러는 거예요. 그래놓고 '했는데 놓고 왔어요'라고 말하는 거예요."

나중에는 크로스핏으로 종목을 바꿨다. 스스로 운동을 가고 뿌듯함도 느끼고 근육이 당기지 않는 날은 죄책감도 느끼기 시작했다. 난 역시 성격이 못됐구나, 남들이랑 경쟁을 해야 뭘 하는 사람이구나. 코치가 나만 바라보면 어쩐지 느

순해진다. 나한테만 관심을 가져줄 수 없을 때, 열심히 하더라. 나한테 관심 좀 가져주세요! 온몸으로 열심히 했다.

열심히는 했는데 뭘 잘못했는지 점점 삼두근과 허벅지 근육만 발달했다. 푸시업을 하고 있는데 코치가 "와, 회원님. 삼두근이 아주. 와, 허벅지 봐요" 칭찬인지 아닌지 모를 감탄을 했다.

"남자들이 갖고 싶어하는 근육을 다 가지셨네요."

내가 수줍게 물었다.

"남자들이 갖고 싶어하는 근육을 다 가졌는데 왜 남자들이 절 안 갖고 싶어할까요?"

제일 발달한 건 역시 입이었다.

아무래도 타고난 게 있는 모양인지 나는 여전히 매일같이 꼴찌를 하고 여전히 목표는 매일 가서 매일 꼴찌 하는 거다. 매일 가야 매일 꼴찌를 할 수 있지! 꽤 선전하고 있다.

예뻐지고 싶어서 다이어트를 할 때는 그렇게도 금세 지치더니 건강해져야겠다고 마음먹고 운동을 했더니 제법 꾸준하게 하고 있다. 아름다움에 대한 욕망보다는 삶에 대한 집착이 강한가보다.

지은 죄가 많아서

엄마는 일제의 막바지에 태어났다. 나는 마흔 넘어 얻은 늦둥이였다. 마흔이 넘어 생리가 끊기자 엄마는 폐경이라고 생각했는데, 이상하게도 자꾸 배가 불러오더란다. 엄마는 살이 찌나보다 하고 복대를 찼다. 몇 달이 지나서야 임신이라는 걸 알게 됐기 때문에 나는 자랄 기회가 별로 없었다. 태어났을 땐 1.5kg였다. 너무 작아서 억, 하니 태어났다고 전해진다.

태어날 때 하도 슉— 하고 태어나선지 집안의 기둥도 슉— 하고 뽑아냈다. 인큐베이터는 엄마가 감당하기 힘들 정도였고 그 조그마한 게 먹으면 뭐 얼마나 먹는다고 뭘 자꾸 넣어주는데 그게 그렇게 비쌌다고 했다. 그렇지만 엄마는 날 먹이는 일을 게을리하지 않았다.

날 때부터 비싸게 태어나서는 자라면서도 비싸다는 건 죄
다 먹었다. 어디서 몸에 좋다는 소문만 들으면 엄마는 어떻
게든 구해왔다. (엄마가 인터넷 검색을 할 줄 몰라서 얼마나 다행
인지!) 초등학생인 주제에 간식으로 인삼을 싸 가는 건 별
난 일도 아니었다. 다른 애들은 엄마 손잡고 동물원 갈 때
나는 엄마 손잡고 사슴 농장에 가서 사슴 피를 빨아먹고
왔다. 아직 따끈한 피에 쌍화탕 같은 걸 섞어서 줬던 것 같
다. 초등학교 저학년 학생 중에 독이 있는 뱀과 독이 없는
뱀이 무는 자국이 어떻게 다른지 아는 애는 별로 없었을 거
다. 멀쩡히 서울에 살면서 말이지. 물론 뱀도 끓여먹었다는
이야기다.
친구네 집에서 먹었던 햄이 그렇게도 맛있어서 엄마한테 구
워달라고 했더니 햄은 몸에 안 좋다며 꿩을 잡아왔다. 염
소에 고양이까지 먹어댔으니 반찬으로 먹던 개구리나 메뚜
기, 참새 같은 건 특이한 축에도 못 꼈다.

나는 정말 잘 자랐다. 하도 잘 자라서 1년에 한 번씩 보는
친척 어르신은 애한테 이스트를 먹이는 거냐, 왜 애가 볼 때
마다 부푸냐고 물어보셨다. 나는 그냥 라면, 그냥 물, 같은
걸 먹는 게 소원이었다. 라면을 한번 끓여도 약쑥 같은 걸

넣고 끓였다. 우리나라에 편의점이라는 게 생기고 컵라면이 깔리기 시작했을 때 내가 얼마나 기뻐했는지. 그래, 라면은 이런 거였어. 라면이 그렇게 쓰고 냄새나는 게 아니었어. 인삼은 씹어 먹는 걸로도 부족했는지 물에도 항상 들어가 있었다. 내가 우리집 엥겔지수는 꽤나 높여놨을 거다.

그렇게 먹어댄 게 효력이 있었던 모양인지 나는 아무리 봐도 건강했다. 나는 어렸을 때 조금만 눈을 돌리면 사고를 치는 아이였다. 떨어지고 깨지고 찢어지고, 나중에는 하다못해 나무에 올라가서는 어떤 오빠를 깔고 떨어져서 남의 집 귀한 아들 뼈를 부러뜨린 적도 있다. 두 살 때는 차 밑에 기어들어가서 놀다가 차가 출발하는 바람에 뼈가 으스러져서 철심을 박아뒀는데도 별다른 후유증 없이 잘 살고 있다.

사슴 덕인지 고양이 덕인지 뱀 덕인지 알 수가 없다. 어쩌면 내가 지금 그렇게도 동물을 무서워하는 건, 지은 죄가 많아서일지도 모르겠다.

말을 잘 못하고 싶어서

오래된 친구가 있다. 우리는 십대에서 이십대에 이르기까지 7년을 함께 살았고 종종 다퉜다. 나에게는 풍부한 표현들이 있었다. 미안하면 길게 길게 미안하다고 했고 고마우면 돌려 돌려 고맙다고 했다. 나는 그녀에게 수많은 사과를 베풀었으므로 역시 그녀에게 함부로 사과를 요구했지만 그녀는 미안하면 미안할수록 사과하지 않았다. 나는 다투면 그날 밤에라도 상대를 찾아가 미안하다고 해야 직성이 풀렸고 그녀는 방문을 걸어 잠그고 안으로 들어갔다.

아주 나중에서야 그녀는 미움을 짊어지고 있었다는 생각을 했다.
그녀가 말했다.

"내가 잘못했으면 나를 미워하게 냅둬야지. 내가 가서 사과해버리면, 날 미워하고 싶어도 미워할 수가 없잖아."

나는 사과를 하는 사람이었고 진심은 어떻게든 전달되지 않을 리가 없다고, 의심도 하지 않던 시절이었다. 어쩌면 너무 어렸을 때부터 말을 잘한다는 소리를 들어서인지도 모르겠다.

"아니, 대체 왜 미워하게 냅둬? 사과를 하고, 이야기를 듣고, 서로 이해를 하고, 누구도 누구를 미워할 필요가 없게, 그렇게 하면 되잖아."

"글쎄. 어떻게 말을 해야 할지 모르겠어."

"아니, 뭘 어떻게 해. 네가 뭘 잘못했는지 말하고, 상대가 뭐가 기분이 나빴는지 듣고, 네가 미안하니까, 네가 진짜로 미안하니까 정중하게 미안하다, 하면 되지. 미안하다, 몰라? 초등학교 때 배웠잖아. 미안하다는 말 언제 쓰는 건지, 말하기듣기 시간에 다 배웠어."

아, 바른생활 시간일까나.

나는 어쩌면 그녀가 나보다 훨씬 문학에 가까웠으리라는 걸 몇 년이 지난 뒤에야 생각했다.

그때 그녀는 말했었다.

"그런 게, 되나? 내가 '미안하다'고 하면 그건 뭐랄까. '미안하다'라는 말만큼만 미안한 것 같으니까……. 나는 그것보다 훨씬 미안한데 '미안하다'라고 말하면 미안하다는 말만큼만 미안한 게 되는 것 같아서……."

나는 그때 뭐라고 했더라. 훨씬 미안하면, 훨씬 미안하다고 말하라고 했던 것 같다. 두 번 미안하다고 하고 세 번 미안하다고 하면 되지 않겠느냐고 했던 것 같다. 언어를 의심하지 않던 때였다.

내 사랑이 어떻게 너에게 전달이 되지 않을 수 있지, 이렇게 내가 아는 단어를 다 써서 내가 너를 사랑한다고 말하고 있는데. 나는 그후 3년이 지나 그녀에게 전화를 걸었다. 대학에 가서 수업을 듣고서야 언어의 한계에 대해 처음 생각했다.

"나는 네가 태어나서 그냥 알던 걸, 등록금 몇백 내고 배웠다. 네가 밥 사라."

물론 나는 여전히 사과하는 사람이다. 간혹 도무지 사랑한다거나 미안하다는 말로는 표현할 수가 없어서 창밖에 비가 든다고도 하고 살짝 베어문 사과가 달콤했다고도 하고 발끝이 시리다고도 하고 여전히 말은, 하고 있다.

하지만 관계는, 오래되어도 충분히 전달되지 않는 게 있구나. 나는 그걸 인정해야 할 것이다. 인정하고 싶지 않다. 더 기대하고 싶어. 우리는 더 통하고 있지? 나는 또박또박 나의 감정을 길게 설명했다. 도무지 가닿는 게 없었다.

너무 많은 말을 해서, 도무지 진심이 전달되지 않는 밤이다.

'글은 내 운명'

간혹 궁금한 적이 있었다. 너무 어렸을 때 글을 쓰기로 결심했던 게 아니었을까. 사실 내 길은 어딘가 다른 곳에서 나를 기다리고 있었는데 내가 쳐다도 안 본 게 아니었을까. 난 남부럽지 않게 학원을 다녔다. 서초구 끝자락 그린벨트 지역에 살면서도 한글은 강남에서 배워야 한다며 다섯 살부터 버스를 갈아타가며 '강남 한글' 배우러 개포동까지 다녔으니 말 다 했지. 여덟 살에는 내가 개포동에 살지 않는다는 걸 안 학교에서 집 근처 학교로 전학시키라고 하자 엄마는 학교 근처에 방을 얻어주었다. 학교가 끝나면 학원과 학원과 학원을 갔다. 일단 여섯 살 때부터 중학교에 올라갈 때까지 피아노를 배웠다. 나는 바이엘을 뗐고 학원 선생님은 학을 뗐다. 정확하게 말하자면 중학교 진학 후 그만둘 것을 안 선생님이 어디 가서 체르니는 쳤다고 말할 수 있도록 〈간추린 체르니 100번〉을 간추려서 끝내주기는 했지만 나도 양심은 있어야지. 어렸을 때 배운 건 어디 안 간다더니, 다 어디 갔다. 애초에 온 적이 없는 건지도 모르겠지만.

피아노와는 도무지 인연이 아니었다. 첫날부터 고전이었지. 계란을 쥐었다고 생각하고 손을 오므리라고 하는데 이게 도무지 이해가 안 되는 거다.
"전 계란을 안 쥐고 있는데 왜 계란을 쥐었다고 생각해야 해요? 그러면 더 불편한데?"
타고나기를 박치에 음치여서 메트로놈을 켜놓고도 박자를 못 맞췄다. 똑, 하면 그걸 듣고 치고 딱, 하면 그걸 듣고 쳐서 인생이 엇박자. 학원에 가면 맨날 혼만 나니 이디 재미가 붙어야지. 급기야 나중에는 엄마한테 학원 선생님이 연습실에 귀신 사진을 걸어놔서 무서워서 학원 못 가겠다고 했다.

연습실마다 베토벤이며 하이든 같은 그림이 걸려 있었다.

나는 학원에 단 한 대 있는 그랜드 피아노에서 바이엘을 치는 유일한 학원생이었다.

모름지기 여자라면 악기 하나는 다룰 줄 아는 이대생이어 야지. 이건 가풍 같은 것이었는지 되지도 않는 학원을 참도 다녔다. 내가 피아노 학원 가기 싫다고 떼를 쓰면, 학원이 문젠가보구나, 엄마는 학원을 옮겼다. 아뇨, 엄마. 제가 문 제예요.

다음엔 악기를 바꿔봤다. 바이올린은 활을 제대로 쥐지도 못했다. 처음부터 혼나서 삐쳤다. 왜인지 모르겠지만 나는 리코더는 못 부는데 단소는 불었다. 리코더를 불면 삐익거 리기만 하는데 단소는 제법 소리가 나는 거다. 이거다! 플 루트. 한 달. 소리가 안 났다. 그래, 나는 한국인이니까 악 기에 대한 나의 한을 담아 〈서편제〉에 도전을 해볼까. 대금. 소리가 안 났다. 아니, 단소는 부는데, 대체 왜지. 가야금. 무거워서 안 되겠다.

통기타, 박자가 안 맞는데다 소리도 제대로 나지 않았다. 안 되겠어, 일렉 기타. 결국 얘도 기타였다.

미술을 처음 배운 것도 한 여섯 살 즈음이었을 거다. 난 냉 장고에 '냉장고' 하고 이름표가 붙어 있고 방문에 '연주 방'

하고 이름표가 붙은 집에 살고 싶었다. '집'이라는 주제에
그렇게 그림을 그렸더니 선생님이 그림에 글씨를 쓰는 거
아니라고 했다.

엄마는 선생님이 잘못 가르쳐서 그러는 거라고 또, 학원을
옮겼다.

엄마, 내가 문제였어.

나중에는 미술 과외까지 받았지만, 난 선조차 잘 못 그었
다. 아그리파를 그리고파 선만 몇 주를 그었어도 사실, 연필
을 제대로 쥐지도 못했다. 글씨를 쓰는 방식으로 연필을 쥐
는 데만 능숙해서 도무지 편하지가 않았다. 나는 그냥 4B
연필로 경필 대회에서 상을 받았다.

그냥 음악이나 미술이랑은 아닌가보다 하겠지만, 이거 왜
이래, 난 피구 과외도 받아본 여자랍니다. 반 아이들이 단
체로 받은 거긴 하지만. 물론 학교 끝나면 교문 앞에 수영,
무용, 태권도 셔틀버스가 와서 기다리는 건 요일별 기본 옵
션이었다. 그래도 체육 점수는 항상 79점이었다. 옆반에 시

험 안 본 애도 79점이었다는 건 나중에야 알았다.

교회 성가대에서 잘려본 적이 있는 것까지는 내가 진짜 말 안 하려고 했는데. 어느 날 성가대 지휘 선생님이 나를 따로 부르시더니 내 손을 곱게 잡고 말씀하셨다.

"연주야, 찬양 말고 다른 걸로 하나님께 영광을 돌리는 건 어떻겠니."

선생님, 말씀 돌리지 마세요.

이쯤 쓰고 보니 확실히 내가 괜한 생각을 했구나. 미안해. 내가 어디 갈 데가 있었다고. 여기밖에 없구나.

엄마, 악기 같은 거 배워두면 다 써먹을 데가 있다더니 엄마 말 틀린 거 하나 없었어. 내가 또 이렇게도 써먹네. 엄만 내가 진짜로 쓸記 줄은 몰랐겠지만.

우리 모두의 하루키

처음 하루키를 읽은 건 2차 성징이 나타날 때였다. 많은 것들이 바뀌고 있었고 나는 예민해졌고 하루키를 읽었다. 『코끼리 공장의 해피엔드』, 도서 정리대 위에서 몇 장을 뒤적거리다가 처음 읽은 게 「커티삭 자신을 위한 광고」. 나는 그 자리에 선 채로 페이지를 꽤 넘겼다.

나는 한창 그때쯤 내 이름을 '고연주, 고연주'하고 혼자 불러보면 아무래도 내 이름이 아닌 것 같은, 사소하고 순간적인 느낌에 고민하고 있었다. 그런데 하루키가 떡하니 그런 느낌을 '커티삭, 커티삭' 읊조리다보면 그건 영국산 위스키 커티삭이 아니라 '꿈의 꼬리 같은 모습'이 된다고 적은 것이다. 이건 혁명이야. 위스키가 뭔지도 모르겠고 커티삭은 더더

욱 모르겠지만 이건 혁명이구나. 그동안 내가 읽어왔던 글을 깨뜨렸다.

세상에나. 이렇게 아무것도 아닌 걸로 글을 써도 되다니!

'그저 그런 말의 울림'에 대해 이렇게 길게 써서 책에까지 실려 있다니. 이렇게 분명한 목적도 없어 보이고, 명확하게 한 줄로 줄일 수 있는 주제가 있는 것 같지도 않고 사랑도 행복도 가족도 역사도 아닌 것에 대해 이렇게 글을 써도 되는 거구나. 굉장하다.
그뒤로 나는 아무것도 아닌 것에 대해 자꾸 쓰게 되었는데, 아무래도 하루키를 잘못 읽었던 모양이다. 순간의 감정이나 분위기를 포착하는 법은 모르고 그냥 쓰잘데기 없는 소리만 자꾸 쓰는 걸 보면.

어쩌면 그때 무라카미 하루키가 아니라 무라카미 류를 봤으면 뭔가 달라졌을까. 아, 류를 봤더라면 글 안 쓰고 다른 데 너무 바빴을지도 몰라. 그래, 하루키의 수필이 아니라 소설을 먼저 봤더라면. 그러면 내가 지금쯤 소설을 한 수십 편 쓰지 않았으려나.

아, 봤어도 안 썼겠다.
반하지 않았을 거야.

결국 이렇게 쓰잘데기 없을 운명이었을걸.

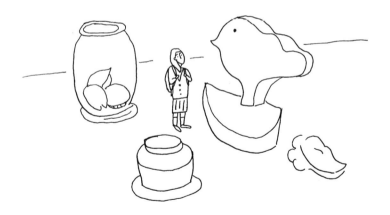

그분이 오셨습니다

책장을 탁 덮으면서 "와" 불온하게도 '약 빨고 썼다'고밖에
할 수 없는 책들을 읽으면 세상이 작아 보인다.

아무래도 나는 타고나는 재능에 대해서는 회의적인 편인
데, 결국 '승자는 엉덩이'라고 생각하는 까닭인데 이게 또
생각해보면 내 엉덩이가 가벼워서 결국 승자는 엉덩이라고
생각하고 나를 위로하는 것 같기도 한데, 그러니까 내가 지
금 못 쓰는 건 아직 내가 안 써서인 거지.

그러다가도 가끔씩 기가 빨리는 서사를 보면 어안이 벙벙하
다. 멀리 가서 『백년의 고독』까지가 아니더라도 『고래』라든
지 『새벽의 나나』 같은 걸 읽으면, 이만한 작품을 쓰고도 아

직 에너지가 남아 있을 수 있는 걸까. 하, 이건 인생에 한두 번 올까 말까 한 그분이 오셨네, 오셨어.

이건 문학성의 문제가 아니라, 그러니까 정말 '서사'를 이야기하는 거다. 훌륭한 작품은 훨씬 많더라도 이런 순간은 없지. 나는 엄두도 내지 못할 것 같은 좋은 문장이 있는 책도 많고 이런 건 정말 써보고 싶다 싶은 책도 많지만 어쩐지 나는 이런 서사는 감당하지도 못할 것 같고 이 작가조차 이런 서사를 또 감당할 수 있을까 싶은 책들이 있다.

『새엄마 찬양』을 읽었다. 역시 내가 안 되는 건, 노력을 안 해서가 아닌 게 아닐까. '더 크고 높은 것이 있어서 나를 마음대로 굴려가는 것'을 생각하니,

차라리 마음이 평온해졌어.

오해해주세요

"난 널 사랑해. 그런데 넌 날 오기해."
그게 오기傲氣거나 오기誤記여도 별다를 게 없다.

오기誤記하지 않는 만남이 어디 있단 말이야. 우리는 오해를
해야 사랑할 수 있지 않나. 널 봐. 아침이면 똥 싸고 만족하
고 코딱지도 파서 몰래 책상 어디에 묻혀놓기도 하고 동료
가 캔커피라도 하나 주면 나한테 관심 있나 3분 45초 정도
설레기도 하고 결국 여기저기 다 돌린 거라는 걸 듣고도 그
래도 내 건 캔커피 어디가 좀 다르지 않나 살펴도 보면서 지
나가는 여자를 한눈으로 스캔하면서 나는 저 여자보다 어
디는 그래도 잘났다고 시키지도 않은 점수를 매기고는 돌
아서서 외모지상주의에 대해 비판도 하고 매일같이 오늘은

청소를 좀 해야지 결심했다가도 침대에 누워서 스마트폰 하다가 몇 시간은 훌쩍 넘기기도 하고 이런 너를, 오해도 않고 제대로 알면 어떻게 사랑한단 말이야.

너의 '사랑해'와 나의 '사랑해'가 같은 의미일 것이라는 오해 없이, 우리가 사랑하는 게 가능하기나 하단 말이야?

나는 너를 사랑하겠다고 오기傲氣도 좀 부려야 사랑할 수 있는 거 아닌가.

그러고도 때때로 막막해졌고 나는 오늘밤에서야 처음으로, 어떤 만남을 생각했다. 내 글을 읽을 사람을 떠올렸다. 나는 누가 책을 읽었다고 하니까 읽었나보다 했지, 어떤 모습으로, 무엇을 하면서, 어떻게 느끼며, 글을 읽을지 생각해본 적이 없었다. 맥주 한잔하면서 소파에서 읽었는지, 서점에서 슬쩍 봤다가 몇 장을 읽고는 안 되겠다고 도로 내려놨는지, 이벤트에 당첨돼서 책을 받기는 했는데 일주일이 지나도록 도무지 안 읽혀서 옆 사람한테 넘겨버렸는지, 다른 책이랑 헷갈려서 잘못 집어들었다가 어느 문장이 슬쩍 궁금하기도 했는지.

내가 느낀 아름다움을, 한 번이라도 우리가 같은 시간을 공유한 적은 있을지.
이렇게 적어도 닿을 수 있는 건지.

우리는 결국 서로 다른 언어를 서로 다른 방식으로 받아들일 수밖에 없어서 언어 밖의 것들은, 외롭게도 우리가 채워 나갈 수밖에 없고 그래서 우리는 결국 오해들로 똘똘 뭉쳐 있다고 하더라도 그 오해가 약간은 아름다웠으면 좋겠다. 내가 그 아름다운 오해를 받기 위해 고군분투한다는 사실도 이 단어에 좀 묻어갔으면 좋겠다.

어느 완벽한 하루

이른 아침에 〈바닷마을 다이어리〉의 네 자매의 집에서 일
어나는 것이다. 〈행복한 사전〉을 만드는 회사에서 일을 하
고는 '대도해 사전'을 완성한 다음날, 〈파니 핑크〉의 오르페
오를 만나야지. 그와 〈흔들리는 구름〉의 공원에서 산책을
하면서 춤을 추는 거야. 저녁이 되면 우리는 〈카모메 식당〉
에 갈 거야. 영혼을 달래주는 주먹밥을 먹어야지. 설거지는
셀프. 밤이 되면 비가 내리고, 〈불안은 영혼을 잠식한다〉에
나오는 바에서 아랍 음악을 들으며 이방인과 춤을 추는 것,
좋지. 우리는 눈이 맞아. 너도 함께 〈스패니시 아파트먼트〉
에 가자. 왜냐하면 거긴 에라스무스 문두스로 유학 온 학
생들이 있으니까. 문두스mundus, 오르페오를 우주로 돌려
보내고 혼자 빠져나온 나는 〈톰과 제시카〉에 나오는 '마이

브라더 톰'을 찾아 〈바그다드 카페〉로 갈 짐을 싸야지. 짐을 싸두고는 〈천국보다 낯선〉 거리를 내려다보며 〈릴라 말하길〉의 치모가 되어 이 모든 일들을 적어야지. 내일은 바쁠 거야.
얼마나 완벽한 하루일까!

물론 그렇게 될 리가 없다.

이건 마치 옷 못 입는 내 친구의 옷 입는 방식 같은 거니까. 옷 못 입는 내 친구는, 돈은 많다. 일단 잡지를 산다. 추천 코디라든지 올봄의 트렌드라든지 그런 챕터에서 쫙 코디해서 알려주잖아. 그런데 이 옷 못 입는 내 친구는 꼭 그걸 보고도 1번의 상의와 3번의 하의와 8번의 가방을 사더라고. 어, 걔네는 그렇게 같이 입는 거 아닌데.

너는 내가 가지 않은
또다른 길의 희망이다

나는 개와 고양이와 귀신을 무서워한다. 이건 아주 오래된
이야기이고 별다른 사건 같은 건 없었다. 이 점을 엄마도 참
이상하게 생각했다. 사람의 모양을 닮은 인형은 사달라고
조르면서 개나 고양이는 무서워했다. 어렸을 때는 개나 고
양이는 좋아하면서도 인형은 무서워하더니 무슨 일인지 모
르겠다고 했다. (나는 그 어린 날에 '언캐니 밸리'를 몸소 깨달았
던 게 아닐까!)

암튼 동물 같은 건, 전혀 알 수가 없다. 그들의 감정 체계는
우리가 이해할 수 있는, 기쁨, 두려움, 슬픔, 뭐 이런 게 아니
라 전혀 다른 것이라고 생각한다. 그게 두렵다. 인간과 비슷
해 보이는 표정이 있고 꼬리를 흔들고 하는 것을 두고 인간

의 감정을 느끼고 있다고 생각하는 건 역시 아무래도 오해 같다.

"엄마, 나는 말을 잘하잖아. 그러니까 사람을 만나면 나를 해치지 말아달라고 설득할 수 있잖아. 그렇지만 개나 고양이나 귀신은, 말이 안 통하는 존재잖아. 나는 그게 무서워. 내가 살려달라고 해도, 내가 막 부탁을 해도, 내 말을 못 알아듣잖아."
나는 언어를 통한 소통에 대한 믿음과 기대가 컸다. 반대로 말이 통하지 않는 존재에 대한 두려움도 클 대로 컸다.

관계에는 충분히 기대하고 있다. 우리가 언젠가는 통할 거라는 믿음, 상대가 누구든 진심을 다해 전한다면 반드시 도달할 거라는 믿음. 나를 설명하기를 멈추지 않았다. 자주 다퉜다. 묻어두는 법이 없었다. 바닥까지 끄집어내서 내게 설명해줘. 나는 마음을 다해 이해해볼게. 내 이해가 죄다 오해라고 해도. 인간과 관계와 구원에 대한 믿음. 나는 더 많이 기대하고 더 많이 상처받아야지. 그러고도 포기하지 않을 테다. 옷을 겹겹이 껴입고 '쪼꼬만한' 내가 페달과 함께 굴러가다가 넘어져서는, 무릎이 까지면, 이런 무릎이 까

졌군. 그래도 페달을 못 굴릴 건 아니야. 너 거기 있어, 내가 갈게! 주섬주섬 다시 일어나서는, 이번에는 손바닥이 까졌군. 괜찮아, 이제 무릎은 조금씩 낫기 시작했으니까. 너 거기 있어, 내가 금방 갈게. 그렇게 아홉 번쯤 넘어져도 기필코 너에게 가고야 마는 모험 정도는 각오되어 있다.

몇 년 전, 문창과 동기인 영이 말했다.
"낙천적인 허무주의자가 결국 모든 사람들이 도달하는 이상향이라고 믿는 내게 넌 내가 가지 않은 또다른 길의 희망이다."

인생 참 재밌는데 또 살고 싶진 않죠
매일매일 소설 쓰고 앉아 있는 인생이라니

1판 1쇄 발행   2018년 2월 13일
1판 2쇄 발행   2018년 5월 11일

글   고연주

편집장   김지향
책임편집   박선주
편집   이희숙 김지향
모니터링   이희연
북디자인   김신미
그림   민경희

제작   강신은 김동욱 임현식
마케팅   최향모 강혜연
홍보   김희숙 김상만 이천희

펴낸이   이병률
펴낸곳   달 출판사
출판등록   2009년 5월 26일 제406-2009-000034호
주소   10881 경기도 파주시 회동길 210

전자우편   dal@munhak.com
페이스북   /dalpublishers
트위터   @dalpublishers
인스타그램   dalpublishers

전화번호   031-955-1908(편집) 031-955-1935(마케팅)
팩스   031-955-8855

ISBN   979-11-5816-075-3   03810

• 이 책의 판권은 지은이와 달에 있습니다. 이 책 내용의 전부 또는 일부를 재사용하려면
  반드시 양측의 서면 동의를 받아야 합니다. 달은 (주)문학동네의 계열사입니다.

• 이 도서의 국립중앙도서관 출판예정도서목록(CIP)은 서지정보유통지원시스템
  홈페이지(http://seoji.nl.go.kr)와 국가자료공동목록시스템(http://www.nl.go.kr/kolisnet)
  에서 이용하실 수 있습니다. (CIP제어번호 : CIP2018003542)